共和国英雄

GONGHEGUO YINGXIONG

聂茂 著

中南大学出版社
www.csupress.com.cn

图书在版编目（ＣＩＰ）数据

共和国英雄 / 聂茂著 . -- 长沙 : 中南大学出版社，
2019.9
ISBN 978-7-5487-3692-9

Ⅰ . ①共… Ⅱ . ①聂… Ⅲ . ①诗集－中国－当代
Ⅳ . ① I227

中国版本图书馆 CIP 数据核字 (2019) 第 166198 号

共和国英雄
GONGHEGUO
YINGXIONG

著　　者	聂　茂	
责任编辑	浦　石	
责任印制	易建国　易红卫	
书籍设计	格局视觉工作室 ⧉Gervision	
出版发行	中南大学出版社	
	社址 : 长沙市麓山南路	
	发行科电话 : 0731-88876770	
印　　装	湖南众鑫印务有限公司	
邮　　编	410083	
传　　真	0731-88710482	
开　　本	710×1000　1/16	
印　　张	21.5	
字　　数	409 千字	
版　　次	2019 年 9 月第 1 版　2019 年 9 月第 1 次印刷	
书　　号	ISBN 978-7-5487-3692-9	
定　　价	58.00 元	

图书出现印装问题，请与经销商调换

谨以此诗

献礼

中华人民共和国成立70周年

人民英雄永垂不朽！

——毛泽东

一个有希望的民族不能没有英雄，

一个有前途的国家不能没有先锋。

——习近平

请记住他们，那些死者和生者

——为聂茂长诗《共和国英雄》作序

谢冕

> 我要用燃烧的欲望 / 对青春播种耕耘
>
> 看守大豆 / 收割黄昏与黎明
>
> ——《中国的天空》

他们渐行渐远，他们把沉重的足音留给了我们。他们行走一路，以他们的激情、呐喊，抗争、奋斗，以他们的泪水、汗水甚至鲜血，花瓣似的洒满了一路。中国的道路，充满了荆棘、泥泞，险峻而弯曲，他们就这样，离乡背井，抛妻别子，包括自己的青春、爱情，乃至生命，一切均在所不顾，冒着无边的沙尘，冒着漫天的烽火，他们义无反顾地前行。家国安危，社会盛衰，天下兴亡，这就是使命和担当，也就是赴死的决心，一切无语，尽在其中。

诗人向我们展示的是一幅让人惊心动魄的历史画卷。那些英勇奔赴国难的烈士以及更多的立志献身的幸存者，他们放弃了珍贵的昨天和明天，他们为我们留下了灿烂的今天。要是没有他们昨天的付出，就没有我们今天的拥有，我们应当永远记住他们的名字（包括没有和来不及留下的名字）。我们以诗的名义致敬，感恩，向着那些已经前行的人们，是他们在艰难的、困苦的，而且是漫长的岁月里，为着人民的幸福和社会的进步，为我们留下敲响大地和心灵的沉重的足音。

这是一部诗体的大型交响乐章。雄浑、高亢、激越、悲怆，让人想起贝多芬的《英雄》以及《命运》的旋律。这是融无数的个人命运于集体的大爱之中的奋斗和牺牲的英雄颂——就每一个个体生命和家族而言，他们的付出可能造成长久的不幸，而就集体的功业而言，他们的付出可能造成长久的不幸，而就集体而言，它无疑造成了一个憧憬和梦想的浮现。这部长诗由几代人耳熟能详的光辉的姓名组成——粗略统计有具体姓名的五十余人，还不包括"八女投江""狼牙山五壮士"以及更多的来不及列名者。这些名字，曾经伴随我们成长，并在精神层面滋养和丰富了我们：在我们困惑或沮丧的时刻，鼓舞我们战胜恐惧和绝望而前行。

为整个民族求生存，为沉沦的大地求复兴，他们因奋斗而谱写无畏的华章，他们迎着风暴和烈火而英勇奋进。这就是这部雄浑的英雄颂歌的主旋律，坚忍，悲壮，梦想，如同贝多芬的乐曲所昭告的那样：黑暗终将过去，曙光就在前面。当然，奋斗和牺牲是惊心动魄的，然而，整部作品却因为创造了新的时代而贯穿着明亮而辉煌的音符。

此刻我们面对的是诗人聂茂的长篇巨著，一部巨大的诗体的英雄颂歌。长诗的主题是：土地，信仰，生命和旗帜，这是一部诗体的中国现代史。长诗的结构完整而谨严，起调和序曲，共十个乐章，缀以尾曲和余音。从天空到土地，从信仰到生命，展开着一面面血染的旗帜。这些英勇的生命，以美丽、高洁、典雅的植物为象征，是松、竹、梅，是菊、兰、莲。中国的传统器乐演奏着他们光辉的永存的名字是琴、鼓、瑟、筝，是箫、笛、磬、埙。他们的身后是：长江、黄河、长城，是故乡的村庄和炊烟，是土地上生长的稻谷和小麦，是父母乡亲。并伴随着乐章进行的是，英勇的奋斗，舍生忘死的前进，硝烟和呐喊。诗人笔下的焦裕禄："将自己的热血，青春／汗水，智慧／化作一抹淡绿／种在兰考"；诗人笔下的王进喜："身上的血与肉／都是钢的硬度／铁的元素／你的梦想、意志、誓言／和信念与岩石共存"。这都是铿锵的进着火星的钢铸铁打的音响。

诗人的心胸博大，诗人的视野开阔，他展开的是黄钟大吕，气势磅礴的大勇大爱。随便翻开一页，就是这样一幅壮阔的画面：看见耻辱的汨罗河有渔人哀唱九歌；看见阿房宫燃起熊熊大火；看见牧羊的苏武思念沦陷的故土；看见爬满荒芜的岁月有种子摇落，有蒲公英跌进贫瘠的犁痕，有枯黄的眼珠寂寞于树梢。这是千年古国的盛衰历史，是这些英勇的中华儿女，以对家国兴亡的承诺，雪洗着近代以来的世纪忧患，改写着丧权辱国的民族悲剧，他们前赴后继，为我们赢得如今的独立、富强和无尽的自豪感。

我读过许多的抒情长卷，我感激诗人为此做出的贡献。是他们以激昂的诗章为我们谱写出壮阔的历史，记载着艰难行进的足迹。此刻在我案前打开的诗篇，也是这样拨动了我的心弦：历史与现实的交响，抒情与叙事的交响，悲情与欢乐的交响，他把我带进往岁的沉思。犹记当年，我尚年轻，路经金陵故城，谒雨花台，但见山间路旁，鲜花丛中，满是先烈殉难之所——五月的鲜花，开遍了山冈和原野，鲜花是鲜血凝成。一时感悟，今日、昨日、百年、千载，总有无数的前驱者，为一种理想而不问归途地向着前方。

聂茂的长诗代我们喊出心声：记住历史，记住那些死者和生者的姓名，记住他们为理想而选择的道路。行文至此，我要借诗人的口吻，祈求读者与我一道留住历史前进的脚步声，记住受伤的昨日，记住憔悴的过往，记住英雄的热血、信仰与壮举，也请记住，我们无论在哪里，也无论我们去何方，总要紧紧握着故乡湿漉漉的风——因为"这是兄弟姐妹的风／是和平、安宁、开放的风／是奔向梦想的风。"

2019 年 3 月 28 至 30 日，己亥清明前夕，于北京大学

目
录

c o n t e n t s

起调　毛岸英

我站在故土
被鲜血照耀
两个白天和一个黑夜之间
你的目光像刀
无情地切入我的灵魂

是领袖的儿子，大地的儿子
中国人民的儿子
也是朝鲜人民的儿子
这样的身份，注定
痛苦比别人要多
道路漫漫
岁月的指甲被雨水洗得发白
而你，在烧焦的国土
像复员的灯光，让黑夜看清了

你的笑容，你的嘴唇
你岩石一样沉稳的手
一双饥饿的手
受伤的手
说话的手
缺水的手
石头的手
也就是那双握过锄头
炼过钢铁，扛着枪炮的手

被炸弹掀翻的房屋

断裂的树枝

在死亡中轰鸣

你储存黄金般坚硬的孤独

动脉里的血投进大火

你在丛中笑

这是你最后的形象

时间的河流漫过脚踝

古老的忧郁擦洗

爱人的信笺

而今，你无法阅读

那些柔情

只凭翻译的风传送你的爱

以及你对大地的忠诚

四月，热泪盈眶

我无法上你的坟地祈祷

只把一棵万年松

当作你的墓碑

我看见来来去去的

儿童、青年和老者

看见青枝绿叶

与且深且浅的脚印

叠在一起——

昭示不朽！

序曲　最高的火焰

从没有如此贴近你

在风落下雨点之前

我能想象那时的房屋

想象草垛和泥泞的道路

你的天空低垂

带着古老昏聩的睡意

你的海岸统领着一望无际的

有毒的荒野

你的河床不冷不热

任由寒星照耀，任由冰雪覆盖

你的大地生存着不育的牛羊

生存着带血的花朵，蓬头垢面的村庄

生存着韧性十足的河流

以及四万万面黄肌瘦的同胞

从没有如此贴近你

在风落下雨点之前

一头东方的狮子

病卧着，像黑幕重重的阴谋

带着永无止境的折腾

带着内部的争斗和命运的轮回

在生与死的诅咒中

品尝铅一样沉重的受虐的耻辱

品尝哭不出来的滚烫的眼泪

品尝腐朽不堪的腥味

品尝辛辣的词语，受歧视的目光

品尝被抛弃的无尽的孤独

品尝羞于言及的懦弱

品尝散发着异味的辫子里

发出的诡秘的声音

从没有如此贴近你

在风落下雨点之前

无数次辗转反侧

我伫立在河流的最高处

千年的河山

像一本静静打开的书本

明灭的一瞬

凝固的眼神泪流满面

血的荣誉闪耀在种子冰冷的头颅上

雪的寒冷封存在春意萌动的花蕾里

通往黎明的神圣之旅

依旧摇曳黛色的光芒

从没有如此贴近你

在风落下雨点之前

无数跋涉者在屈原的涛声

和范公的忧患里求索太久

直到那一天

遥远的地平线响起一声炸雷

一道闪电送来了

高粱般火红的布尔什维克

再生的风暴卷走了忧郁发黑的历史

崭新的生命把深沉的爱

献给了广袤的华夏大地

从没有如此贴近你

在风落下雨点之前

黑白相间的山水

古老的大地，诞生一朵花

它的名字叫玫瑰

板结的黄昏突然变得明亮

科学的准星闪过

一张张脸孔，水一样溢出

细雨纷飞，有如我的小船

在夜行的河流中桨声频频

中国的心脏

从间歇性停止的螺旋状跳动中

开始复苏，并以巨大的勇气

朝向风起云涌的世界

进行铿锵有力的搏动

从没有如此贴近你

在风落下雨点之前

黑白相间的山水

古老的大地，诞生一匹马

它的名字叫民主

沉默的嘴唇突然发出声音

往事历历

镰刀和铁锤不断翻滚

记忆奔涌的端口

狂风阵阵，旌旗猎猎

从没有如此贴近你

在风落下雨点之前

黑白相间的山水

古老的大地，诞生一堆火

它的名字叫自由

黎明之光不再暗淡

像矿灯戴在发亮的额头上

那些不老的花朵

奋力挥舞着风的手臂

欢呼春天的降临

那些激动的情绪

离开天涯海角

疲惫地坐在屋檐下不再流浪

那些精神的营养

带着发红的基因

埋进咆哮的土壤里

是你，用暴力的鞭子

愤怒地抽打黑夜中的闪电

是你，用黑夜中的闪电

愤怒地倾泼烧焦的词语

是你，用烧焦的词语

愤怒地灌溉冒着青烟的田埂

是你，用冒着青烟的田埂

愤怒地踢蹋残根断枝的黄昏

从没有如此贴近你

在风落下雨点之前

黑白相间的山水

古老的大地

潮湿的天空被照亮

谁的花朵从庭园里长出?

古铜色的皮肤开始有节奏地呼吸

五月最初的日子

一首诗诞生于一场运动

诞生于一个全新的节日

诞生于奔走相告的秘密的组织

诞生于火，诞生于光

诞生于金土水土的责任与信念

诞生于科学之光

诞生于青春的庭院和人流如水的街道

从没有如此贴近你

在风落下雨点之前

我一直思考一个问题

假如没有你

我会成为什么样的人

拥有什么样的族与民、家与国

假如你从西山落下

错过了我的迎迓

错过了我曾经居住过的乡村与街道

那么，我可能依然徘徊在

病入膏肓的模糊的小径

看悄悄溜走的时间

在正午的指甲上发霉

看年轻的姐姐出嫁，撕心裂肺

留下无助的泪眼

看祖传的节日像水中倒映的星星

不断上升和下沉

从没有如此贴近你

在风落下雨点之前

我认清你光荣的存在

认清最后的背影

认清不曾幻想的一切

认清大海的上空有鹰盘旋

我跟在你的后面

带着固执的虔诚

带着白天和夜晚

在你的屋顶张开血色的翅膀

你的方向是我雨水中能够坚持的

唯一的选择，我不再迷茫

就像我第一次看清你那样

不再用浅薄的感谢

来兑换一场春雨

不再用廉价的言辞

来粉饰一段历史

不再用失败的回忆

来安抚一次战斗

不再用被摧毁的时间

来虚构你沧桑的脸孔

从没有如此贴近你

在风落下雨点之前

我在伟大的节日里

继承你的血脉

带着风的姿势，读着你的眼泪

我被你不经意地抛向远方

又猛力拉回到久违的温暖的河流内部

那些鲜花只属于你

包括你的芳香与笑脸

你总是这样，让我忘记你

又以新的方式提醒我

迎接你，拥抱你，感受你的心跳

像沧海桑田的花瓣

带着露珠的清新

沿着风雨兼程的康庄大道一路向东

直到太阳高照

直到你的果实

在秋天的树枝下悄然滑落

从没有如此贴近你

在风落下雨点之前

你将生命的河道

交给磅礴而出的朝阳

像交出不曾拥有的花冠

交出时间之上的特权

交出发光的岁月

交出流动的长河和激情的诗篇

你投身古老的静寂

一如雄鹰一去不返

我深信这个季节发生的一切

都是我希望看到的事情

我深信神州大地上的贫穷与富足

与所有人的想象相等

我深信先行者的使命

得到了血的指认、脉的传承、根的延伸

见证了泥土的呐喊和火的奔腾

我深信诗歌的宁静里

有着麦子的锋芒和水稻的芳香

我深信成熟而辉煌的旗帜

带着光荣的青铜

飘摇在祖国的城墙上

从没有如此贴近你
在风落下雨点之前
你是玫瑰，是宝石，是短剑
是风中的舞蹈，是黎明的寒星
是深夜的战斗，是国家的命运
是民族的存亡，是男人的鲜血
是女人的哭泣，是革命的嘴唇
是隐秘的盒子，是蜜蜂的巢穴
是旗帜，导向，号角，火炬
是死亡与再生的仪式
是升起又落下的时间
是倒进又逃出的黑鸭子的风
是一切的可能
是最初的开始
是最后的结束

从没有如此贴近你
在风落下雨点之前
作为农民的儿子
一名教师，或一名诗人
我要溯源，像种子忠于大地
我要感恩，像小草热爱春天
我要讴歌，像水稻崇拜太阳

时间开始了
电闪雷鸣，青春激荡
大幕拉开了
风云变幻，英雄登场

万行长诗，穿越五千年历史
一捧热泪，见证共和国荣光

Part. 1

第一乐章

英雄土地

◎ **本乐章主调**

反复回旋，悠扬，深沉

为什么我的眼里常含泪水？
因为我对这土地爱得深沉
——艾青《我爱这土地》

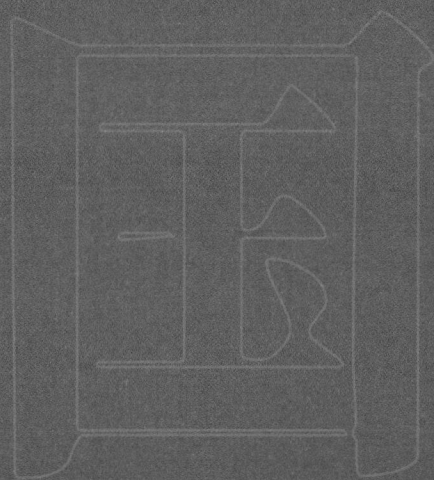

第一节

赤：中国的天空

1

在群山万壑之上
在手心和金属的杯子里
像河流一样睡眠的
是天空，明亮、纯洁
并且盛大。我一直生长
在你的屋檐下
多少个人去楼空的正午
我诅咒被雷雨撕毁的
道路，我走进你的土地
仍要愤怒地践踏
站在这山望着对面的风景
总是美丽地盖过头顶
我同草木一样抛弃你
又默默回到你的身边

2

中国的天空，是你给予我
白天与夜晚，氧气和水分
你给予的书本
我永远也无法读完
眼见那些吃不够的
粮食一天天消瘦下去
我把握笔的手
平展开伸给你
我要用诗歌的光芒
将天空擦洗干净
我要用燃烧的欲望
对青春播种耕耘
看守大豆
收割黄昏与黎明

4

黑夜，在黑色的乳头沉睡

松树用雨水缝着伤口

不知抖动了多少次

只因脚下是你的土地

头上是你的天空

所以并不觉得可怕

纵使落下，就像孩童扑进母亲的怀抱

噙着泪水的植物

被闪电一次次透视

忍受死亡的痛苦

犹如阳光投进泡沫

每一个剪口

都有抽搐的手在轰鸣

3

中国，这小小的地球

仿佛特别爱你的人民

我出去，每个角落都能逢到

你的子女，我试图

跑遍你的全身

可每一处都感觉自己

站在中心。我爬上北部湾钻塔

在南极加油站，丰腴的冰雪

无法脱离你辐射的磁场

中国的天空

是大写的天空，人的天空

银子和母爱的天空

中国的天空

从不拒绝改革的旗帜

在开放的山岗迎风招展

5

我记取那些背诵的语言

陶工们在泥浆深处

领悟真理的博大与平凡

感受大地的真实和富有

人们在谷粒上种植汗水

在泛青的喜悦里放牧爱情

古老而又炽热的爱情

在辽阔的平原高粱一样燃烧

啊！从未加冕的中国的天空

你的上面，有无数忠实于你的灵魂

云朵般缠绕你

你的下面，是千千万万黄种人

在学习、工作和生活

6

乡村的时间埋在潮湿的地窖里

风雨来临。阳光穿过积云层

像刚刚出壳的蛹

在大地蠕动

而水的芦苇里

梦的指甲一如雷电击伤的苹果

闪烁痛楚的光泽

所有的竹子

以夏天的速度向上生长

为的是早日抵达你的庭院

所有的水稻

用拔节的声音表达对你深切的祝福

所有的马匹洪水一样奔向你

7

如果是火

就有燃烧在柴堆中迅跑

如果是雪

就有阳光在麦田里融化

天空啊，我口杯高举

是为了盛满你赐予的甘露

我血液搏动

是为了报答你给予的养分

是谁，向风暴后的家庭

送去粮食和温暖？

给我黑夜，让我在无言的窗外

为你点起一支蜡烛

给我白天，让我在疲惫的大地

为你点播一首赞歌！

第二节
橙：长城颂

1

一架永恒的琴

只留下一个空洞的躯体

长城，中国的脸孔

你疲惫不堪，斜卧在崇山峻岭

沐着飓风、烈日和沙砾

那些摇撼的砖头

那些突破身体的锋利的喊叫

那些硝烟和痉挛的大旗

一去不返

受尽折磨的炮楼空空荡荡

哭泣的时间在阴霾的天空下

汇成河流，你在河流之上

接受四面八方的风暴的打击

2

疯狂的马蹄陷入北方的脚下

无休止摆动的是刺骨的寒潮

长城啊，大地的父亲！

千百年来为你歌唱的何止千千万万

而我，一个诞生于

伐木声中的农民的儿子

怎敢重复别人而忘记自己？

杜鹃的三月，为你苍白的瞳孔

增添一个真实的笑容

为你复苏的灵魂

增加一滴搏动的血液

我，没有蜂房的语言

只把丰满的藤萝紧紧缠绕

你受伤的手臂

3

当我在九天之上

鸟瞰大地的时候

混沌的蓝光中

只有你能清晰地印入我的眼帘

像一根蠕动不已的雪松的枝条

一只被人命名的大鹏

一张秋叶般静静的邮票

贴在中国的额头上

死亡的儿子在死亡中挣扎

黑暗包抄过来

我惊恐万状，呼喊着

投入你的怀抱

沸水一样的情感

强烈地泼向我的眼眶

那是从遥远的春天里带来的

祖国的气味，长城啊

4

在你身上

灾难就像盐湖那么深重

你的力量来自你的绝望

你每一根汗毛

都记录着一个悲壮的故事

国殇的士兵把光明的遗言

留给后代

尽管道路泥泞

尽管征途漫漫

一匹又一匹马累死途中

掺雪的粮食啊

嚼皮革的汉子

穿着破烂的草鞋倒下了

倒下就成为一棵水稻

倒下就成为一粒小麦

倒下就成为一条路

倒下的仅仅是躯体

而无法摧毁的灵魂

又挣扎着爬起

5

长城啊！所有这一切

都是为了你！

从莽莽苍苍的嘉峪关

从鄂尔多斯草原

从山海关和没有尽头的旋风的疆界

你像一头被激怒的雄狮

咆哮着，闪电一样奔来

你总是在残暴的塔上

留下一个活的缺口

你总是在关键时刻才发言

你总是给叛逆的钻石

给火种，给厉风和嚎雨

给黏土，给燃烧的太阳

以羊群般温柔的光芒

6

那条瀑布

躺在石阶上生活了许久

笼罩你的年龄

仿佛一阵阴森的震动

愤怒的声音被野草驱逐

囚禁的时间绑在刀锋的顶尖

在阳光照不到的阴暗的角落

苔藓烽烟般生长

你拒绝死亡给人民带来了更多的希望

所有的房屋

只有一扇门通向野外

那里西风猎猎

没有谁像你这样

穿的是白雾和三叶草

吃的是泥巴和孤独

头上寒风凛冽

你哨兵一样伫立

7

宁静的种子落在山岗下

比金属更响亮

当广袤的黎明

终止于地平线尽头

我孤儿般奔向你

跑遍你的躯体

在你万顷的脚印中

投入我的火焰

投入血和剑

投入自由和力的舞蹈

我要在木棉般韧性的诗句里

寻找你的脉搏

在根子里，小径上

在歌唱的花卉中凝望你的脸孔

在飞鸟群里辨认你的目光

在月色皎洁的夜晚

在异乡，在看不见你的地方

感受你的气息你的存在，长城啊！

8

你像埃及的金字塔一样
孕育了古老的东方文明
你的每一块砖头
都有无限广阔的背景
你的每一次呼吸
都有无数被砍断的手在谷中轰鸣
雪崩似的记忆
从头顶直扑而下
长城，玉米的母亲
布满荆棘的祖国
站在你的脚下
我显得如此渺小
徐徐而来的犁头的愿望
使我的手指音节般燃烧

9

啊，长城！唱不完的歌
你辽阔而寂寥
像永远的电光照在我的心上
我不会忘记你的话语
你折断的胳膊
你撕裂的嘴唇
至今仍陷在烧土中
开春的钟声早已远去
在无尽的灼痛里
我不再奔跑
带着刚出窑的红砖
带着犀牛的精神
在沉默中呐喊——
让失去的不再失去
让爱过的再爱一回
让一切死去的活着的人一起
簇拥你！成为亿万万人合唱中
最强的主音，长城啊！

第三节

黄：黄河谣

1

黄河！你干涸的手臂上

满是破损的皱褶，像受难的船

高贵的额头承受石头的打击

阴影之外，脸孔剧烈地张开

我看见你把浑浊的水吞进肚里

涅槃的寂静马群一样奔涌

2

蜿蜒而来的年轮

孤独地伸进旷野

这无调的音响

野风陷入泥泞的路

背河的老人，我的祖父

拉纤的手，死死地抓住你

指甲片片翻起

在刻骨的痛苦中

我无数次仰望你

感受莫名的恐惧

而你，静静地躺在水里

3

流浪的码头

鱼在饥饿中呐喊

夏天被雷雨撕开

背井离乡的人

离开又回来

在你厚实的胸脯上

重建家园，种植谷物，饲养牛羊

我跟在乡亲们后面，一言不发

捧起一滴水

捧起，就无法放下

4

当我驱车从你的脊背上走过

我常常停下来

带着齿轮的忧郁

感受你博大的心跳

我有幸跟你交谈

尽管你从不回答我的提问

在一次又一次拒绝中

我同那些无缘亲眼看你的

人一样，已深深理解了

你的沉默，你的追求

你的寂寞，你硫黄般炽热的情怀

5

啊，黄河！

我无法忍受的孤独你都忍受

你教会我们如何继续承受苦难

你像爱琴海一样

把光明的颂词

埋在最深的祝福里

你哺育了一代又一代人

战士，政客，诗人

那些即使是背叛你的人

临死前，也要久久地凝望你

6

黎明，我轻轻地

触摸你，带着无限的柔情

在粗粝的石砾中

蓝色的波涛眼泪一样醒来

漂泊的我跟你回家

无法忘记的声音

流动的岛屿，我的祖国

你日复一日受到伤害

你流血，你愤怒，你咆哮

7

贫穷的盐滩

我的歌声如此弱小

蠕动在我嘴里的是你的话

你对我要说的是如此熟悉

我未曾开口你已听懂

这平静的夜晚，多节的名字

掺和在月光的叶簇中

是你，在我即将倒下的时候

伸出强有力的手

是你，在谁也看不见的时候

抛下一道闪电

8

黄河啊！

你讲给祖父的故事

今天仍被提起

投进大海的渔民

风暴的嘴塞满海藻

而呼啸的火，金属和烧碱

从冻伤的指头播下种子

长出无数的眼睛和乳房

你渴念的阳光

你赤裸裸的影子

你永远无法满足的

从昆仑山下奔腾而来的雪

9

黄金的门被野草打开

你的头发被苦难染黑

你的皮肤被太阳晒黄

你浩浩荡荡的帆

贴着一面巨大的旗帜

没有痕迹的波涛

只留下一条孤零零的线

痉挛的稻田灵魂一样古老

古老的愿望火山一样强烈

10

告诉我，为什么失去了一次

拒绝了一次，仍要一次次失去

一次次遭到拒绝？

伸出你的手

纵使你的咆哮已经嘶哑

你仍是载我远行的船

我疲惫的时候

失望的时候

欲哭无泪的时候

我就在你的臂弯靠岸

我要说一说

压抑已久的心里话

唱唱那支一万年后

仍然没有唱够的歌，黄河啊！

第四节
蓝：长江之歌

1

长江，水的帝国！

让我以立体的嗓音为你歌唱

不止一次，你像闪电的种子

遭到黑夜无情的抛弃

一群大山紧紧咬住你的胳膊

那饥饿的牙齿

在太阳的照射下

发出空洞的响声

你从不用肩胛对我说话

随风而来的记忆血迹斑斑

在粗糙的火光中

我认识它们失去的根子

归去的路被死亡隔断

唯一的巷口在水的咆哮中

保持沉默

2

漂流的爱

被一滴重创的水击穿

头颅埋在水层之下

如殉难的秃鹰

翅膀早已折断

残剩的骨骸收集在竹筏上

我来不及记录

只看见大地打满黄金的补丁

三峡伸出无数的手

迎接薄荷的宁静

我置身扭动的风景

赤裸裸的欲望淹没了泥土

而著名大风在雨的责难中

继续保留它们的名字

保留你的贞洁

一如保留植物的春天

4

你脱下鱼鳞般沉重的外壳

仿佛一颗透明的露珠

扛着犁锄的耕农穿过黑夜

直达你隐埋在斗笠之下的

静水的果核

一滴滚烫的液体捧在手中

那是丰收和黎明

是沼泽深层的旷野

是不屈的堡墙下掩埋的船骨

啊，长江！

我倒下又被扶起的引领者

我如何才能面对

你矿石的脸孔而不惊慌

我如何才能面对你坦荡的情怀

而放声歌唱！

3

这人类深刻的盾牌

触到了另一种

难以接近的可怕的礁石

语言被迫弹回

宽阔的河面

仅仅颤抖了一秒钟

一秒钟足以诞生

一面旗帜舞动蜜蜂的声音

一秒钟足以逝去

一个世纪摧毁玻璃的情人

火山在浸润中软化，沉沦

像失去张力的纤维

而此刻，月亮在你波涛的胸脯上

酣睡。被鞭子抽响的空气

鲜花一样盛开

所有的胚胎都有你的血液

你的光芒，你喷薄而出的枝叶

5

歌唱大海的生命

从原初的岩浆慢慢开始

歌唱白色的泡沫

滞留在辛酸的田埂上

歌唱一阵吹过的风

复活所有真实的细胞

歌唱金色的牧童

在早晨的开阔地放逐太阳

歌唱古老的书为你打开

并且让我在你的命运中奔驰

歌唱火药，指南针，造纸，印刷术

从你的手掌传播开去

像一张湿漉漉孵育春天的床单

一条柔软的丝绸之路

你钙质的美丽

从纯粹的土地上流过

6

谁能预料兽性的洪水

再次降临

长江啊，父老乡亲

被亘古的灾难逼至我的文字下

一队又一队将士

在大街小巷划着竹筏

一个溺水的孩童

恐惧地抱住一棵树

而孩童的祖母

一个蹒跚的老人

躲在稻草洞中

诅咒你，又不愿离开

无数的手在眼睛之外的

颤抖里疯狂挣扎

无数的声音

在绝望的中心失声恸哭

从一个家到另一个家

一条河到另一条河

只有一句卡喉的话：苍天啊！

7

沉沦的月亮

在荒野的上空咯咯作响

那是动物的四肢

被风暴击毁残留的余音

折断的足踝，撕裂的胸口

压扁的脑袋，扭弯的脖子

在安徽，在江苏，在浙江，在湖北

在大江南北，在长城内外

泛酸的树根抓住

我们一同责问，一同哭泣

一千只眼睛

在视野所及的焦点剧烈地燃烧

一万双手

在相识不相识的地方攥成一根铁绳

一亿颗心

在灵魂碎裂的疼痛中变成岩石与森林

8

在这里，我请求火山和大地静默

请求欲哭无泪的男子静默

请求黄河、长城和草原静默

静默，不仅仅为了哀悼

不仅仅为了英灵安息

吸尽骨髓的风

在双重的肃穆里一动不动

收留殉难的手

在无言的腐殖质中立下丰碑

纵使人们的脚步在甘蔗林

践踏了一千年，也抹洗不掉

你的灾难打下的印记

纵使有更多的苦水在沉默中集合

也掩盖不了永恒的星辰

最炽热的闪亮，长江啊

9

你丛林的水域再一次挂满了

自由的绶带

黄昏中，暗道堆满秃鹰的呻吟

你随流浪的铜翻山越岭

寻找时间结痂的伤口

不育的鸟蛋落入水中

掀起一个个窟窿

那是章鱼的心脏

躺在洁白的大理石上

而盐的声音一如水稻的拔节声

在辽阔的空间打破寂静

过往的船只运走了积压

在码头的痛苦和沉默

坚固的晶体

在蓝色的火鼎上轰然瓦解

10

啊，长江！

我无法丈量你的躯体

无法走完你的流程

只凭大地的风倾听

你的喜怒哀乐

你，最顽强的老人

打不败的硬汉

从祖国最丰饶最敏感的部位产生

又从一条小溪消失

你每一根神经都维系一方金子的土地

你跟我们一起跳动，欢呼或愤慨

巨大的针叶里密集地生长着

高粱、水稻和小麦

即使是荒无人烟的区域

那些刚刚新生的蝴蝶

也会举起临风的手并且挥舞

我骨子里的长江啊！

第五节

靛：父老乡亲

沉重落下

女人的美丽从麦秆消失

那惊人的皱纹

最先不是从嘴角开始

厚茧犁一般深入土地

家在茅屋上

粗糙的声音从蚕豆里剥出

父老乡亲！

你们在大树的马匹间喊着号子

劳动将脸孔揉得金黄

池塘是一本账

长膘的鱼们认识你们的足音

草垛直立在草丛中，而你们的影子

城墙一样倒在地上

那些方形的鸟队

盘旋头顶，目光潮湿

风在汗水中溶解

盐的脊背，受伤的锄柄

板结的贫穷一次次暴晒

收割之后，广阔的田野稻浪般涌来

我沉到诗歌深处

触及祖父的一只杯子

里面盛着泥土

滴血的眼睛蓄满阴影

死亡无法躲避

黄土从脖子上淹没下来

你们没有出走的欲望

但欲望让你们遍体鳞伤

你们在天亮之前

已经交付饥饿的睡眠

你们在大灾之后

仍然送出最后的粮食

痛苦的回忆使我几乎难以自制

那奔泻而来的水

仿佛祖先未尽的苦难

啊！父老乡亲！

你们赤身裸体

承受风暴残酷的打击

洪水滔滔

你们疯狂地打捞被砸得稀烂的家

母亲在哪里？

儿子在哪里？

门在哪里？

你们宁愿被水溺毙

也要举起抓住的橡木

一阵哭声破空而来

那不是你们真正想要表达的感情

你们控制不住撕裂的悲伤

只凭一方石头顽强地支撑起

身体的重量

你们被泥土包围

泥土一片殷红

流动的不仅仅是血浆和辛酸

在水里死亡的竹筏

没有一刻安息

它们将水逼开一条道路

道路中央，就是殉难者的手

和永不甘心的闭不上的眼睛

天旱的日子火烧眉毛

眼里落下的雨水

一瓢一瓢，淋在禾苑上

那饱满的稻穗是你们的血球

在无言中集合。我终于理解

父亲告诫的全部意义——

"一粒饭，哪怕掉在茅厕

也要拾进嘴里！"

我无法卒读古老的《悯农诗》

啊！父老乡亲！

手臂上的汗须

已深深扎进了土壤

镰刀上的锈迹

让稻田的颜色更加深沉

你们从来就不曾放过篱笆

这祖先遗留的唯一财产

你们还准备留给后代

雾气重重，你们的脸孔日益模糊

那无辜的荞麦

因四月的黑雨而颗粒无收

它们用空荡荡的麦秆向你们倾诉

你们无心倾听，阴沉着脸

只将它们一一刈割

而喝粥的嘴

早已伸出树皮般粗糙的大手

并且在空中长久地颤抖

从额头到脚踝

你们在永不疲惫的疲惫中劳作

从起点到终点

你们在没有结局的结局中挣扎

啊，我难以割舍的父老乡亲啊！

一天的痛苦足以打垮

你们苦心经营的城堡

在倒下的城堡边缘

你们即便趴着

仍然要保卫水稻

海，居住在一滴水中

犹如一座塌方的山

对于你们

真理就是碗中的一粒饭

屋顶的一片瓦，以及红薯和鸡蛋

你们像土地一样厚实

像蚯蚓一样真诚

你们用锄头、镰刀和开裂的双手

不断开掘自己的生命

并最终在黄土地洞穴中

找到自己的语言和归宿

有风徐徐来

第六节

绿：故乡的风

来自奔腾的南方

带着海水的咸味，棕榈叶的气息

带着酵母的密码，潮水般祝福

带着柠檬的微笑和春天的花香

从山峰、农田、水井

从草垛和望不到尽头的大街小巷

从薄薄的月光和张家界的望夫崖

从"先天下之忧而忧"的岳阳楼

从盛产异蛇的永州

从日出东方的韶山冲

从南岳开着莲花的山顶

从成片成片的高粱、大豆和小麦

迅猛奔来

武陵山区的民谣和着洞庭的

鱼米之乡的旋律，与湘江大桥上

永不停息的方阵一起

强烈地冲击我的瞳仁

故乡的风啊

我看见大片的白云

奔马似的跑向你

每一天都吹来不同的气息

当工地上的尘埃

夹着粗犷的喊叫插入雁阵

一幢幢高楼大厦巨人般崛起

一个个满含喜悦的合同已经签订

那些出售新闻和财富的微信

各类朋友圈，新媒体上的幸福指数

广场舞和舒筋活骨的霓虹灯融成一体

进城的农民们与不进城的亲人们一样　　故乡的风啊

把厚厚的乡愁　　　　　　　　　　　　城市和乡村的生活

钉上最后一枚纽扣　　　　　　　　　　被各类扑天而来的欢乐灌醉

一碗烈性的谷酒　　　　　　　　　　　脚手架上的旗帜写满速度和名字

端在黑茧纵横的手中　　　　　　　　　一种真实的情感

田土荒了，被满嘴漏风的老人们　　　　从我的胸口缓缓升起

种上了蔬菜与水果　　　　　　　　　　喧嚣，诞生于古老的寂静

不用农药、化肥和生长素　　　　　　　花冠的夜晚，无数的脚步

绿色食品送到　　　　　　　　　　　　走进你的黎明。倾斜的阴影

城里的儿孙们手里　　　　　　　　　　藏在光明和瓷碗之中

比亲情更浓的是日积月累的　　　　　　所有的愿望被日子划成湿漉漉的鼓点

思念与挂牵，此时此刻　　　　　　　　在晶体的盐滩上

故乡的头顶盛开了玫瑰的光晕　　　　　聚合成新的更大的瀑布

故乡的风啊

当高速公路魔幻般逼至眼前

当高铁的手术刀

轻轻切除了春运的肿瘤

从北京到长沙

只有短短的五个小时

我的故乡就是你的故乡啊

故乡的风就是台湾的风

香港的风，澳门的风

就是祖国34个省、自治区和直辖市的风

故乡的风就是你生活在任何地的风啊

我是那瞬息万变的饱满的风啊

故乡的风，我夜夜怀想的倾心的风啊！

时刻牵住我的发烫的风啊！

在这片英雄的大地上

流浪的心情被绵绵生长的爱所抛弃

受伤的历史被不可阻挡的

崛起的力量所抛弃

憔悴的过往

被英雄的热血、信仰与壮举所抛弃

无论我在哪里，无论我去何方

我紧紧握着故乡的湿漉漉的风

这镀金的根，这镶银的魂啊

"大风起兮云飞扬，

安得猛士兮守四方"

这是青玉的风

是兄弟姐妹的风

是和平、安宁、开放的风

是奔向梦想的风

是民族复兴的风

是现实主义的风

是一天天接近伟大目标的风

我的时刻牵挂着的故乡的风啊！

◎ **本乐章主调**

反复回荡，深沉，激昂

起来，饥寒交迫的奴隶！
起来，全世界受苦的人！
满腔的热血已经沸腾，
要为真理而斗争！

——（法）欧仁·鲍狄埃《国际歌》

Part.

2

第二乐章

信仰的力量

第一节

琴：白求恩

从时间到空间。你离开家

到达一个新的国度

如此陌生而贫困

却又是如此清新和富有

如此充满激情

你在黑色的土地上行走

来了，便不再离开

你带着和平，奉献与爱

从繁华的温哥华

到中国陕北的窑洞

秋天来临

树叶舒展如月

厚厚的，铺满一地

印上你的关怀与悲悯

在触目惊心的病痛之间

在简陋的手术室，煤灯昏暗

鲜血浸入地面全部变黑

你弯着身子

全神贯注，像麦穗垂下

面对一张张充满渴望的年轻的脸

你双肩耸立，把欲望的旗帜

插在最高的山头上

你的前面，是一望无际的

辽阔的沉默

那些为了信仰而英勇赴难的

战士，前仆后继

像风暴施虐过的稻田

一个又一个倒下，他们的脉搏

仍在流溢着血水的泥地里搏动

你无法一一合上他们的眼睑

只把深深的自责

封藏在冬天的皱纹

封藏在折翼天使的嘴唇

封藏在凝固的气息里

一个在金属器皿和血液之间浸泡的人

逢到一个隐秘的世界

你站在那里就是一座灯塔

闪烁希望的颜色，你是黄土高坡上

生命的殿堂

是窑洞密封的夜幕

透出的灯光

你把黑夜当成白天

把时间抓得那么紧

把头埋得那么深

比所有嘶哑的北风

吹出来的寒冷

还要深，还要深

比所有落入泥土腐烂的

树叶的颜色，还要深，还要深

深在担架卸下的疼痛里

深在大地不服的雨水里

深在肩膀抽搐的哭泣中

你被致命的荆棘划破的时候

病毒报复般吞噬和摧残着你的身体

你努力撑开塌陷的双颊

潮湿的眼睛，发烫的额头

划破的手指，被多变的剑气所包裹

然后，你变得寂静

痛苦之后的疲惫，淡然，安详

如同你躺在简陋的帐篷中

那一刻，大海停止了咆哮

风从远处吹过

那么多热爱你的声音

却不能触及你

以及你圣洁的灵魂

涌起的泪水，强忍的叹息

流淌的是你未完成的使命

和热忱的心愿

像一颗水，滴进冬日的宁静里

汗水，鲜血，青春

一同见证这庄严的事业

这超越国界的无私的爱

这大写的爱，饱满的爱

纵然我的泪水触及不了

你头颅上厚厚的霜雪

你仍然从高处听到

来自中国人民的崇高的称谓

伟大的国际主义战士！

此刻，你在黄土的寂静里

迎接生命的凯旋

如同你给远方的故土

寄回一封家书

寄回暮色苍茫

寄回遥远的东方

寄回你最后的笑

让乡愁的悲切，穿过

杜鹃带血的啼声

在中华古老的大地上久久回荡

第二节

鼓：夏明翰

从屈原的故里诞生

你原是一名书生

被汨罗河畔忧伤的节日

和岳阳楼里的千古名句所吸引

你追随忧国忧民的精神血脉

驾一轻舟，经长江，过洞庭

溯湘江而上，抵达雁城衡阳

抵达著名而古老的城墙

在未知的道路里

你看见尘埃腾起

山河破碎

梦中的雁鸣不忍回头

声声带血，杏花满地

你走出板结的文字

投入河流卷起的风暴

你永远不会忘记

刻入记忆的时间节点①

26 岁那年，在九月最美的日子里

在韶山伟人的牵线下

在李维汉、谢觉哉等人的见证下

在长沙清水塘一间漏风的民房里

你与郑家钧举行了简单而庄重的婚礼

天作之合的婚姻

青春勃发的年龄

你紧紧地拥抱这一切

就像拥抱夏季的河流②

那些从牙缝里挤出的日子

那些挣扎的日子，清苦而难忘

涂上泥巴和硝烟的日子

没有膝盖走路的日子

叛徒出没的日子

没有光明只有不幸和灾难的日子

透过柴门

是半掩的湿漉漉的纸糊的窗口

你听见罪恶在磨牙，你听见豺狼

用枪声和血淋淋的谋杀说话

在黎明升起的朦胧中

你打破火药的梦境

冲破寒冷的年份中一系列冻僵的日子

你戳穿宁静的谎言

你撕毁暴戾之魔的面具

你用赤诚的眼睛

凝视黑夜深层熔浆般的希望

---

①. 21 岁的冬天，经毛泽东和何叔衡介绍，夏明翰举起拳头，宣誓成为中国共产党这个伟大组织中光荣的一员。
②. 1927 年春节前，夏明翰和妻子搬到长沙望麓园 1 号，与毛泽东、杨开慧同住在一个洒满月光的院子里。在 1928 年这个寒冷的年份中，夏明翰调任中共湖北省委常委。

秋收起义后

你感受岩石一样团队的力量

战友们坚强，机智，执着，无畏

黎明前消失的黑夜

从另一条长满苔藓的小径

进入白天。泥地里的污水

墙壁上迸溅着花朵的血迹

大街上，横七竖八的肢体

残败的树木和发黄的枯草

受伤的村子流出的血渗入井水

被毁坏的心脏变成灰白的液体

孩子们剩下饥饿的骨头

老人们流干泪水

嘴里反复念着

明知无用依然虔诚的祈祷

披着黑巾的河流

丧魂失魄丢下脸盆的浣衣的妻子

穿着孝服的空气

令人不安的沉默的大山

手无寸铁的眼睛

这些损失和悲伤

这些被玷污的花园和大地

这些被杀害的鲜花和信仰

一滴一滴，逆回母亲的胎盘

汇入大地的血管

发出春天悲壮的轰鸣

1928 年过得真慢

就在这一年最沉重的 2 月

你在汉口被敌人逮捕

这一年的 2 月，多了一天

这特殊的一天

就是为了记住你的被杀

这特殊的一天

就是为了让你从容地写下

惊天地、泣鬼神的就义诗

"砍头不要紧，只要主义真。

杀了夏明翰，还有后来人。"

这特殊的一天

就是为了让历史刻录这个地点——

武汉汉口的余记里

这特殊的一天

就是为了突出敌人的暴行　　　　夏明翰，我的英雄，我的兄弟

这特殊的一天　　　　　　　　　　你原是一介书生，更是一名战士

就是为了呈现 28 岁的完整的你　　一只翱翔于天地之间

英俊，刚毅，倔强，执着　　　　　享受生命之乐的自由的大雁

带着滴汁的绿的年轻　　　　　　　你走进一个青春迸发的热血的世界

这特殊的一天啊　　　　　　　　　由于叛徒的告密

就是为了让后人记住　　　　　　　你奋飞的翅膀戛然折断

那一颗火红的从泥泞的地面上　　　大雪纷纷，无情的雪坠入饥饿的山谷

缓缓升起的不屈的灵魂　　　　　　发出强大的绵绵不绝的回响

在你面前，不可一世的酷刑

拼命挣扎，恐惧得像一只老鼠

面对因发烫而冒出青烟的锯齿

你熔化成一条铁鱼

害怕的不是你

而是残暴的施刑者自己

当明晃晃的屠刀架在

你脖子上的时候

当母狼般的乌云，嚎叫着

死死罩住你天空的时候

当田野上饥饿的皮肤

经受暴雨抽打的时候

你想起曾经写下的《金鱼》

那奔腾着原始的愤怒的力量

"鱼且能自由，人却为囚徒。"

你推开悲伤的时刻

忍受着可怕的与亲人的别离

你碰上猝不及防的死神，以及

比死神本身还要粗暴和凶残的魔鬼

一道道布满麦地的抓痕

风中的腥味和血液的道路就是证明

你以宝贵的生命的滑落

为人间撕开一道光明的口子

那一刻，血溅一地

真理和信仰辉映长空，夕阳西下

人们追寻你的方向和脚步

夏明翰，我的英雄，我的兄弟

从屈原的故里诞生

你经历人世的 28 年，最终

不得不带着滴汁的绿和爱离开

你让刀的节奏更加铿锵

你让斧的威严更加锋利

你让火的舞蹈更加持久

你的生命像一道闪电

虽然短促，却照亮了

发黑的密封的夜

你的生命像春天里的花朵

虽然只有一瞬间

却将暗香永久停驻在人间

你在世的每一天，都有

荡气回肠的故事发生

你在世的每一天，都有

激情的细节从浑浊的水中升起

最后，你抛下深爱的妻子和永远爱不够的女儿

你柔情的风缠住了树叶

为的是让森林高高地挺举

你坚强的果实吐出籽儿

为的是让泥土更好地掩埋

夏明翰，我的英雄，我的兄弟

你用气吞山河的方式

将深沉的爱留给更加辽阔的背景

将大写的爱留给人民和沧海桑田

将深沉的大写的爱留给

沉重的历史和光明的未来

第三节

瑟：方志敏

在和平年代

你一定是优秀的小说家[1]

你用从容将暗无天日的痛苦抚平

你用浪漫战胜囚徒的禁锢

我怀着崇敬的心情阅读[2]

我确信，如果没有战争

你一定会写出更多更好的作品

一定会写出无愧于时代的伟大诗篇

你，江西弋阳人。最朴素的铜

闽、浙、皖、赣革命根据地的创建者

贫穷母亲的儿子

抗日先遣队的总司令

1935 年 1 月 27 日

你不幸被俘入狱，风中的愤怒

死死顶住某一个高度

"中国人也是人，不是猪和狗，

不是可以随便屠杀的。"

这是你滴血的心声

是拳头砸在墙壁上的痛苦

是黑夜中不可抑制的闪电与呐喊

①. 方志敏最早发表的小说《谋事》与鲁迅、郁达夫、叶圣陶等人的作品一起，被选入上海小说研究所编印的小说集《年鉴》。

②. 在囚室写下的绝笔文《可爱的中国》中，开头就写道："这间囚室，四壁都用白纸裱糊过，虽过时已久，裱纸变了暗黄色，有几处漏雨的地方。"他观察得如此仔细，说明他视死如归，内心宁静。

有人为获取玫瑰刺上的一丝幽香

宁可扭曲自己的脊梁

而你，在信仰中捍卫自己

触摸真实的心跳

面对种种威胁利诱，你坚贞不屈

写下《可爱的中国》《清贫》等名著

这样的文字

有筋骨，有血脉，有正气

这样的文字

把文运与国运联到了一起

这样的文字，是家国情怀的文字

是铿锵有力、气贯长虹的文字

它比得过历史上任何一部黄钟大吕

半年后，你被秘密杀害

时年 36 岁，你实践了

"用生命努力到死，奋斗到死"的誓言

你将共产党员的光辉

映照在辽阔的祖国大地

有些人，想拥有的只是一个字

失去的却是整个一生

有些人，渴望一双秋天有力的手

牵着他们走出迷惘的季节

如果他们读过你的文字①

就会濯尘，就会活出洁净的自己

毛泽东同志称赞你

"以身殉志，不亦伟乎"

这是人民领袖

对共和国英雄的中肯评价

---

①. 方志敏在狱中写的另一篇《清贫》中有这样的名句："清贫，洁白朴素的生活，正是我们革命者能够战胜许多困难的地方！"这是方志敏的忠告，更是他一生最真实的写照。

在和平年代

你一定是一位有担当的父亲

你会省吃俭用

爱护妻子，养育儿女，孝敬父母

就像小草孝敬春天

你让灵魂之钟再度响起

让高高举起的手

以玫瑰发香的方式伸过来

在和平年代

你一定是一位改革的实干家

蓝色的海洋敞开波涛般的胸膛

你让跑马一样的思绪重新奔腾①

你渴望在月朗星稀的夜晚

坐在窗前与大家一起

读书，思考，享受大地的恩泽

听淅淅沥沥的雨水和夜的宁静

从指缝间流过，你提笔写下精彩的诗句

留下来不及写、但同样精彩的空白

---

①. 方志敏的名言："我们决不能让伟大的可爱的中国，灭亡于帝国主义的肮脏的手里！"

今夜，没有月光

只有你默认的文字，珍贵，结实

淹没我的思想

这些瓷质的碎片

在风中流浪的时间太长

我重新编排

它会发出自己的光芒

撕去的是日历

留下的是心之沧桑

离去的时刻

多少人忘记来时的初心

寒冷的露珠，隐藏着花冠的香气

诱惑的沟壑，令人迷失方向

灾难的瓦砾，摧毁人性深处的幽光

在你这里，战火和废墟交集

在你这里，诗歌和爱情齐飞

你赤手空拳，举起一支冲锋的火炬

照亮黑暗布控的每一个角落

一柄警醒的钥匙开启一段沉重的记忆

感恩有你

让火山的血脉承续优美的语言

感恩有你

让大地的纸张保持山水的清白

第四节

筝：赵尚志

是什么铸造了你

尚志，这么一个无私的名字

你脚下的松花江来回奔腾

在苦难的浸泡里

你的目光像火一样热烈

你的声音传递

尽忠报国和民族大爱

你的忧伤长在古老的土地上

你跟在光明的后面

追随启迪你智慧的人

追随将你的光明引向更高更远的人

你将梦托付给家人

将思念交付给异乡

你选择出发，就是选择

跟国家存亡和民族的复兴连在一起

你选择出发

就是选择海角天涯

可是，你还来不及走出故土

你就被罪恶的黑咬住

你听见周围发出一阵阵狼的嚎叫

像锯子一样割裂你的心脏

是什么铸造了你

尚志，这么一个奉献的名字

你在歌唱处开花

你在激流中破碎

你陷入瓦砾的沟壑

那是痛苦钻出的枯井

风打麦波，雁送征人

你披靡无数，被逐于千里之外

那又如何，只要还有敌人

战斗就没有停止

面对日伪军的疯狂"讨伐"与"清剿"

你和你的抗联部队远征松嫩平原

爬冰卧雪，风餐露宿

作战百余次，狠狠打击了日伪军

饿狼般的叫嚣

白纸黑字，你冲天的豪气

至今回响在山水之间①

---

①. 赵尚志曾写下一首《黑水白山·调寄满江红》，词中写道："争自由，誓抗战。效马援，裹尸还。"

是什么铸造了你

尚志，这么一个光荣的名字

你在黑夜中冲锋太久

你的疲惫连着你的伤痕

被你的血液所包围

黎明的光芒，照着你无畏的挺进

旌旗猎猎，你伟岸的身躯

像火炬一样夺目

你握住祖国母亲的手臂

你一握住，就不能放下

你嗅着母亲的肌肤

感受母亲的体香

你庄严地跪下身子

亲手为母亲盘好长发

你的口袋始终装着母亲的语言

那满满的一口袋

走到哪，吃到哪

你和着血，和着水，和着泥

吃下去！你和着铁屑

和着钢片，和着炮火，吃下去！

你把饥饿吃下去

把痛苦吃下去

把绝望、愤怒和抗争吃下去！

你向母亲致敬

你向一颗饱经沧桑的心灵

献上圣洁的颂诗

你从浪尖到浪尖

应和着海的呼啸

你站在灯光的甲板上

犹如一名战斗的水手

是什么铸造了你

尚志，这么一个朴实的名字

你，与人为善

与大地、村庄和河流为善

你并不是一个好斗的人

但为了捍卫你的善，捍卫大地的美

捍卫村庄和河流的尊严

你义无反顾地向恶冲去

向汹涌的黑暗冲去

直到被恶撕伤

直到被汹涌的黑暗吞噬①

多少年，你的头颅一直下落不明

直至 2004 年 6 月

失踪 62 年的你的颅骨

才从吉林长春护国般若寺中发现

青山含笑，你的头颅流血

你的头颅仍高高地昂起

---

①. 1942 年 2 月 12 日，赵尚志率部与敌人作战时，身负重伤被俘，赵尚志宁死不屈，穷凶极恶的敌人割下赵尚志的头颅，运到长春庆功，而把赵尚志的躯体扔进了松花江的冰窟中。

是什么铸造了你

尚志，这么一个崇高的名字

夜色深沉，炮火的轰鸣

夹杂着你嘶哑的呼喊

硝烟，撕去了最后的一页

长夜终逝，时间苍茫

沉默的河底一层一层舒展

你敞开家门

看着母亲的河流不紧不慢地流淌

见证流离失所的黄昏

见证不喜不悲的过往

是什么铸造了你

尚志，这么一个不朽的名字

你在河的那一头

我在河的这一头

中间隔着同一条河流

那是我们的母亲

我想送你一片洁白

像水一样洗尘

我想送你一树繁花

像春天一样芬芳

但我只有口袋里装着的

母亲的语言

只有黑土地上不断生长的

零碎的记忆

只有在丘陵深处

静静躺着的你的灵魂

只有母亲含香的肌体

只有后来的和平与安宁

所有这一切

正是你的伟大的信仰和梦想啊

第五节
笛：赵登禹

一滴血，从你的胸口涌出

被荣耀照亮

你生下来并不是为了这些荣耀

你生下来仅仅是为了好好地活着

像每个普通人一样

脚踏大地，感受幸福

砍柴，喂马，结婚，生子，成长为一个

有责任的儿子、丈夫与父亲

那些诞生过真理的言语被汗水淋湿

被你和你的战友

看成是理想和血液的一部分

你的手伸向哪里

哪里就变得红润与亮堂

你的微笑在哪里开放

哪里的野草

就感觉到春天的降临

直到你闭上眼睛

这一切，有如奔腾的狂风

在你的胸脯上起伏不停

你是山东菏泽杜庄乡赵楼村人

日寇悍然发动"九一八"事变

你的头上枕着大刀

战火烧到了长城一角

在喜峰口阵地

你跺脚，骂人，挥舞拳头

然后，你恶狠狠地高唱

"大刀向鬼子们的头上砍去！"

你让骄横的入侵者做了一回

"白日下的噩梦"①

你用一死再死的方式

用至今还残留的腥味和男人的血性　　　　　莲与剑，一如你的性格

悲壮地赢下了残酷的战争　　　　　　　　　左手柔美，右手阳刚

这次大捷，让溅满鲜血的太阳旗　　　　　　你把前额贴在刀背上

在刺目的天空下　　　　　　　　　　　　　把肩顶住枪托

徐徐降下了不可一世的狰狞的脸　　　　　　把手放在扳机处

把眼睛嵌入枪的准星

时刻提防追随黑夜的杀机

只要敌人还在

死亡就无法把你打翻

只要别处还有阴风吹起

你的神经就紧紧钉在战争的树上

---

①．赵登禹身高一米九，是典型的山东大汉。他指挥下取得的喜峰口战斗大捷击毙了 5000 余名日寇，并炸毁日寇 18 门大炮。

那天晚上，日寇包围了古老的村庄

你把大刀队集合起来

把敢死队集合起来

喝完酒，把碗摔碎

把银圆放在每一个队员面前

你一条腿绑着绷带

手臂上缠着白毛巾

每人一把匣枪，五颗手榴弹

每人背着一把镔铁打制的大刀

大刀上红的穗带

在雪地里发出暗紫色光芒　　　　　这是一群 20 来岁的农家子弟

像火一样跳跃　　　　　　　　　　如果没有战争

将每一个队员的脸照得　　　　　　他们就会在这里安居乐业

像高粱一样的红　　　　　　　　　娶妻生子，休养生息

　　　　　　　　　　　　　　　　像祖祖辈辈有过的一样

　　　　　　　　　　　　　　　　可这片土地落下了暴雪

　　　　　　　　　　　　　　　　寒冷从脚板直刺头顶

　　　　　　　　　　　　　　　　这片土地，连同世世代代

　　　　　　　　　　　　　　　　耕种于此的父老乡亲

　　　　　　　　　　　　　　　　被突如其来的血腥的风

　　　　　　　　　　　　　　　　强暴与蹂躏，不甘奴役的你

　　　　　　　　　　　　　　　　不愿跪下的你挺身而出

　　　　　　　　　　　　　　　　召集了这批有情有义

　　　　　　　　　　　　　　　　有血性的庄稼汉

夜战就要打响

突然，一个母亲

带着一个姑娘向你跪下

母亲哭诉着

你的手下闯入她的家门

年轻的姑娘受到惊吓和侮辱

你的怒火决堤而出

严叱违令者出来接受惩罚

你万万没有想到

违令者竟是你的传令兵

开刀问斩之际

你怒斥传令兵为何如此犯傻

那是个 20 岁的小伙

他诚实而颤抖地做了交代

"我并没有欺负这姑娘。

今晚恶战，脑袋别在裤带上

但长这么大，

我从来没见过姑娘家的乳房。"

刹那间，每个队员

都红着脸，低下了头

你还是狠心

下令将传令兵推出去斩首

那个母亲再次跪了下来，向你求情

而那个姑娘慢慢将胸前的棉衣

剥开，露出发育不全的小小乳房

白森森的像一片晕目的月光

将整个黑夜划伤了

夜，更黑了

天亮后，你含泪收集英雄的尸体

你赫然发现

那个母亲和那个姑娘

手拉手，像战士一样

慷慨赴难，杀身成仁①

白雪覆盖的尽头

一片新绿越过你的背影

直到太阳退走，一滴最小的雨

从你相隔更远的地方

传递生长灵魂的泥土的气息

强盗来了。你一声怒吼

"来得好！杀啊！"

每一个战士都像出膛的炮弹

呼啸着，冲向敌人

黎明被秃鹰啄痛

强盗吞下了有毒的苦水

血液里，一个个英雄的头颅

圆睁着不死的眼睛

传令兵倒在血泊中

嘴里死死地咬着强盗的一块肉

强盗倒在黑色的血水中

脸上凝固着痛苦的表情

无助，丑陋，狰狞，恐怖

①．鸣谢：此节写作参考了耿立《赵登禹将军的菊与刀》，刊《北京文学》2007 年 9 期，《新华文摘》2007 年 22 期转载。

如果你的手不是握在

我们的手中

如果我们的血液不是

在你梦中的脉管里流淌

如果你的光明和我们体内的光明

从未发出如此强烈的音乐般的碰撞

你即便被潮湿的风捉住

我们即便被秋天的世界捆紧

我们依然会分离

仍然被记忆中的痛苦占领

我们的黑夜

依然看不见音乐的律动

看不见壁炉里的火苗

看不见墙上巨钟的嘀嗒声

看不见一本书静静地打开

等待某个人来阅读

看不见一首诗　　　　　　　应和着苍天，应和着青草

一行接一行，那么激烈地　　应和着大地和河流

　　　　　　　　　　　　　如果你的手不是握在我们的手中

　　　　　　　　　　　　　如果我们的血液不是

　　　　　　　　　　　　　在你梦中的脉管里流淌

　　　　　　　　　　　　　我写下这些文字还有什么意义？

　　　　　　　　　　　　　我的坚决，我的执着，我的泪水

　　　　　　　　　　　　　我的激情和热血

　　　　　　　　　　　　　在祖国这个最繁华的时刻表露无遗

1937 年 7 月 28 日
血战 6 小时后，在集结途中
你被伏兵击中胸部
你身中数弹，倒在血泊中
当你从昏迷中醒来
你对身边泪流满面的人说
"军人战死沙场原是本分，
没有什么值得悲伤。"
言毕，你含笑而逝，年仅 39 岁

你是抗日殉国的第一位师长
当晚，你被北平红十字会
草草掩埋于一荒茔
陶然亭内龙泉寺的僧人们
闻讯，将你的遗体秘密取出
但你仍然圆目怒睁
老方丈用手将你的双眼轻轻合上
盛殓于一柏木棺材，暂厝于寺内
僧人们一遍又一遍
给你的棺材上漆
你的棺木被龙泉寺的僧人们
冒险守护了 8 年
他们说，你的棺木里
时常响起大刀的铮铮声和呐喊声
响起马蹄衔枚疾走的风雨声……

在荒凉的披盖着月光的墓地

在银色的打击和永恒的

痛苦交织的原野

天空突然落下大片大片

从未喝下的葬礼的酒

我喝着这些

有些生涩的葬礼的酒

这些不再伤害的充满生命的酒

这些浓烈的酒，菊花的酒，大刀的酒

这些以你的名字命名的酒

有着信仰和梦想的酒

在今天这个时候，谁也不用告别

在黎明已过，在太阳升起

在清明节还没有到来之前

我尽情地喝下这些酒

喝下生命的卑微与崇高

因为你，歌谣掠过马背

流星滑落山脉

因为你，每一颗心

都留下了山谷的回响

因为你，每一个音符

都铭刻大地的方向

因为你，每一道闪电

都浸泡着日月同辉的光芒

第六节

箫：狼牙山五壮士

那里有 5 座大山 36 座山峰

远远望去，山与山相连，峰与峰相牵

望不透的突兀连绵

看不穿的刀劈斧凿

怀念一次次抗战的胜利

以露珠的方式展示她的五光十色

怀念村里的小伙子姑娘们

在疲惫的大地上沉睡后醒来

用雪白的手采摘青草

在梦的边缘欢喜游荡

把埋在地下的米酒挖出来

倒进祖传的陶罐里

没有谁在意

自己的名字被风记住

没有谁在意

自己的歌声在峡谷中回响

没有谁在意阳光的呐喊

没有谁在意乌云的冲动

没有谁在意那一次又一次的

刀与火的生死较量

隔着一层雨水

我在布谷鸟的叫声中怀念你

怀念洁白的庭园南风拂过

掀开带着稻香的农田

怀念疯狂的生命之树

在阳光的呐喊中像波浪一样跳跃

怀念深夜里

月光无眠的嬉戏和无尽的絮语

怀念狼牙山，像狼牙一样

卡在日寇入侵晋察冀边区的咽喉上

隔着一块蓝天

我在阳光流溢的早晨怀念你

怀念日历牌上的图案

用七种颜色无比生动地打扮起来

怀念校园里的钟声

带着欢快的旋律向远方流去

怀念溪边的浣衣少女把美丽的初恋

丢进水中折叠的手绢里

怀念历史上

那滴血的一页再也不要翻开①

你不悲哀，不诉苦

眼里喷出石榴般的火焰

你抱着煤球一样炽热的仇恨

冲向正在滴血的刀尖

你奔涌的大海

涨了上千次潮水

不断地涨潮又不断地

退向成群的死亡

退向海鸥咆哮的地方

退向浪花扑打的海岸

你投放了全部的新生的希望

让溺水的战友和父老乡亲

爬上高高悬起的

生命的旌旗与光明的帆船

---

①. 1941 年，侵华日军对河北易县进行可耻的"扫荡"，制造了田岗、东娄山等多起惨绝人寰的大案，犯下了人神共愤的罪行。

隔着一个秋季

我在暴雨成灾的草垛上怀念你

怀念敏锐的听觉如杏花跌落枝头

怀念薄薄的烦恼

如夜中的幽灵若隐若现

怀念固定沙哑的钟声和破旧的镜子

发出的离群索居的气味

怀念你努力挺直着枯瘦的脊背

表达对小草的关注，对泥土的热爱

怀念淹没于人群之中的关于你的

发光的油画，带着泥土的农民的颜色

怀念与太行、吕梁比肩的赞美

怀念让你满心疲惫的峥嵘岁月

怀念你在战斗中临危不惧

子弹打光就拼刺刀

刺刀拼完就用石块还击

面对步步逼近的血盆大口

你宁死不屈，毁掉枪支

纵身跃下数十丈深的悬崖

那一刻，雄鹰的翅膀覆盖了整个大地

那一刻，你和你的战友用生命和鲜血①

谱写了一首气吞山河的诗篇，义薄云天②

那一刻，你跃出的背影成为岩石

让狼牙山伸出的每一根松枝

都成为一位勇士的脊梁

---

①. 那一刻，马宝玉、胡德林、胡福才壮烈殉国；那一刻，葛振林、宋学义被树枝挂住幸免于难。

②. 聂荣臻闻讯后挥笔题词："视死如归本革命军人应有精神，宁死不屈乃燕赵英雄光荣传统。"

隔着一个清明

我在香烛袅袅的肃穆里怀念你

怀念真理

从突然奔出的方向鞭打我的胸口

怀念带着祭品的夜晚

忧伤地诉说出心中的英雄

怀念发白的呼唤

不断敲打长满杂草的斑驳的庭院①

隔着一个世界

我在野草丛生的山坡怀念你

怀念风中最后的一吻

留在清晨的墓碑上

怀念你，狼牙山的每一位壮士

怀念安睡的肩膀仿佛新生的海洋

涌向祖国的四面八方

怀念那无人居住的痛苦的

土地和海岸，你的灵魂在安息

隔着一层雨水

我在布谷鸟的叫声中怀念你

隔着一块蓝天

我在阳光流溢的清晨怀念你

隔着一个秋季

我在暴雨成灾的草垛上怀念你

隔着一个清明

我在香烛袅袅的肃穆里怀念你

隔着一个世界

我在野草丛生的山坡怀念你

怀念你，让我不再有任何隔阂

像泥土和草一样紧密

怀念你，让我拥有血液和骨头

听独一无二的开花的声音

---

①. 1971 年 6 月 26 日，宋学义在郑州病逝，享年 53 岁，长眠于沁阳市烈士陵园。2005 年 3 月 21 日，葛振林病逝于衡阳，享年 88 岁。五壮士中最后一位在世者也永远离开了。他们在狼牙山重新聚首，在猎猎大风中依然狂笑。

第七节

磬：董存瑞

从你诞生的那天起
你的生命跟祖国的光荣
连在一起
你曾画过黄河的皱纹
喝过长江的水
从小学课本里
知道了脊背一样坚实的长城

你真希望去看看
可你过早地走了
在一条条恐惧的
战壕，在号角深处
你遭受的黑暗
足以淹没整个世界
是你，在黎明前
庄严地按下了黎明的快门

而我们因此能够
在光明中生存
我的回忆
从你身旁的烧土开始
湿漉漉的文字
在流动，你在文字外
在浪尖，你用巨大的手
举起死亡

辉煌的一瞬
激励了无数的人
从纯洁的高粱地
从汹涌澎湃的鸭绿江
从将军到士兵
每一只拳头蓄满力量
复仇的怒火野马一样奔腾

正是你，敢于
吞饮弹片的人
拒绝死亡
又走进死亡
你听到从祖国飘来的
声音，那么高，那么明亮
那么亲切和深厚
你吻着天空落下的泪水
一如吻着从未有过的爱情

母亲的好儿子
你受难的日子
已经结束
你炸不烂的灵魂
被沉痛的哀悼所浸润
年年岁岁
无数的人聚在一起
驱逐你的寒冷
你没有窗户的屋子
就是你永远的家——

有鸟来栖

第八节

埙：黄继光

沿一路铜锈

冲进硝烟

你一如既往

像婴孩忠诚母乳

为多灾多难的民族

你堵在战火的喷射口

成为一扇铁铸的大门

机枪将你打成

筛子，使你的年龄

森林一样难以辨认

你每一滴血

都成为一颗呼啸的子弹

捍卫每一寸土地

你睡着的时候

静默回到了祖国

阳光剥去外壳

你醒来，周围是

另一些街道、田野和星辰

你抚摸祖国含铁的皮肤

如此饥渴

整个世界像一头小鹿

在你的掌心跳跃

自你去后
死亡就降临到敌人
所恐惧的马匹头上
那个以你的
名字命名的高地
已被战友们夺回来
通往和平的路上
你宁愿做一只美丽的鸽子

你被埋在
你所热爱和保卫的泥土下
风吹草动
人们从大地搏动的经脉中
感觉到你炸断的手
仍然执着地伸出草丛
发出矿石的轰鸣

今天，当你以雷电的方式
引发一场目光雨
我要走出书本
到城市，到乡村，到矿山
到一切有灰尘的地方
接受你的冲洗
并且谛听你有色的手语——

青春无悔！

第九节
缶：邱少云

世界黑暗

战争把你推向

死亡的奠坛

母亲站在河边

想念你又不忍看见

那水罐装满太多的东西

沉重得叫人提不起来

为保卫自由的矿藏

为被玷污的河流

洗去所有的耻辱

你把刀制的葡萄

握在胸口

像握着露珠里

闪亮的骨头

比沉默还沉默

烈火熊一样扑来

你一动不动。石头

在燃烧中居住

遗忘的情节

崭新的诱惑

钻石的月亮

所有的痛苦

沸水般向你涌来

烽火早已熄灭

英雄啊，你就是

大地上最长的河流

我要在你倒下的地方

寻找一个小小的源头

我要在你疲惫的脚下

献上一束洁白的纸花——

受伤的额头

镌刻一道严峻的命令

伴随火的方向

你把耳朵贴在大地上

从炮弹的缝隙

从被粉碎的脚步声中

你听见嘹亮的国旗

在滚滚硝烟里奋然升起

祝你安息

掩体后面

流动的时间到处传颂

你的名字

水诅咒着水

火追逐着火

当钢琴和小鸟

当玫瑰和玛瑙摆在桌上

如果问你要什么

你就说：祖国

第十节

筑：罗盛教

让我尽快忘掉吧

那寒冷的冰块

板结的空气，强大的哭泣

那被虐杀的植皮和流泪的河

河面上覆盖着狼牙的印痕

覆盖着蜂房的基石，异乡的树上

倒挂着冰柱，我停下来

从熟悉的书本中翻过

从写有湖南新化县的名字

从松山乡桐梓村的光荣处翻过

我推开一堆陈旧的文字

被抒情滑倒，粗糙的血

凝结在清晨未散的硝烟中

不由自主，我的手

伸进那一天的光辉，闭上眼睛

感受伸进冰块中的黑夜

感受从古老的村口出发

再也不会回来

一只被囚的鸟

在远处拼命跳动

让我忘掉痛苦

忘掉铅色的贫穷

忘掉比海还宽的天空

只是因为你的到来

一种伟大的精神

让瞬间的花开成了永恒的姿态

1952 年 1 月 2 日清晨

正值隆冬季节

你和战友宋惠云

在河边练习投掷榴弹

冰雪盖住河水

4 名朝鲜少年在栎沼河上滑冰

愤怒的秃鹰，一种不祥的预兆

从草垛旁起飞

仿佛一只铁蹄

猛烈地撞击我的额头

河面上，充满杀气的羽毛

突然扬起的疾风扫荡倾斜的危险

扫荡乌沉发白的尘土

看不见仓皇的飞禽走兽

看不见带着利爪的钩

在四周埋伏

只看见四个少年被自由放飞

在危险的死亡地带跳着舞蹈

脚下，就是暗藏的陷阱和刀口

一个名叫崔莹的少年

猛地掉入冰窟

情况万分危急

你闻讯，脱掉衣服

冲向出事地点

零下 20℃的严寒

你纵身一跃，冰河漆黑

好一会，你浮出河面

又钻进刺骨的水里

落水的崔莹终于被托出水面

不料"哗啦"一声

冰面又塌了

崔莹连人带冰

再一次落入巨大的黑暗中

你是铁打的吗？

我确信你不是，的确不是

你是活生生的人

你的血液越流越缓

你冻得发紫，浑身打战

体力消耗殆尽

但你仍以惊人的毅力

再次潜入水中

用最后的气力

将崔莹顶出水面

朝鲜的少年得救了

但你却沉了下去

献出 21 岁的宝贵的生命

全村老百姓赶到河边，噙着热泪

将你安葬在村庄边的佛体洞山

我知道，如果炮火隆隆

你一定会像一颗子弹

冲在火焰的最前沿

你会用血肉之躯

切开一条生命线

用鲜血染红的旗帜

让敌人闻风丧胆

但你选择飞翔的方式

与残酷的战火

抵达同样的高度

让我尽快忘掉吧

那些重新覆盖的冰块

在开放的空气

平静的河面和消失的哭泣中

我看见一个身体，变成

一千个身体，一万个身体

我看见一个男人，变成

一千个男人，一万个男人

我看见你在雨和夜的忧伤中

在拔地而起的风暴中

与英雄的雕像和沉重的石块连在了一起

而我，更希望你是活着的生命

带着永不褪色的泥土和乡音

沿着洒满阳光的

单纯的方向，跟我回家

第十一节

钹：欧阳海[①]

如果可以，你就拿走我的相机

拿走我的书本

甚至拿走我的头发

拿走露珠和每天要用的水杯

可是，你别拿走我刚刚摘来的康乃馨

我要把它献给一个人

一个只身推马的年轻的生命

他沿着枕木

一路北上，目标就是北京

可他停在了这里

在吹起红旗的风里

至今回响着

他反复撞击的心跳声

---

①．鸣谢：本诗写作参考了金敬迈《欧阳海之歌》（人民文学出版社 1996 年 7 版）一书。

如果可以，你就拿走我的眼睛

因为牢记，我不会轻易翻阅那段历史

每一次回顾

都会看到同情的场景

同样的震撼，同样的悲痛　　　　秋日的海滨

世界静止。那不顾一切冲锋的背影　你只有太阳的微笑

强烈撞击我的瞳仁　　　　　　　却看不到这里的美丽

一阵山岚向湘江吹来　　　　　　看不到飞沫四溅的瀑布

漫天雾气，朦胧的大地　　　　　是怎样吸纳大地的精气

那是当年的眼泪　　　　　　　　在春天爱情的季节里

让我去哭一哭人民的英雄[1]　　　人们需要你的微笑

　　　　　　　　　　　　　　　你就坐着或站着

　　　　　　　　　　　　　　　就像我心目中的恋人

　　　　　　　　　　　　　　　期待玫瑰的开放

　　　　　　　　　　　　　　　四周响起鸟儿飞过的温暖的问候

　　　　　　　　　　　　　　　因为你，那些被悲伤偷走的人

　　　　　　　　　　　　　　　再也看不到悲伤

　　　　　　　　　　　　　　　那些被恐惧打垮的人

　　　　　　　　　　　　　　　再也看不到恐惧

　　　　　　　　　　　　　　　那些为逃避不幸而苦苦挣扎的人

　　　　　　　　　　　　　　　再也不用背井离乡

　　　　　　　　　　　　　　　再也不会如迷失的乌云而不能自拔

---

[1]．欧阳海，这是典型的男人的名字。1940年冬，他诞生在湘南桂阳县莲塘区一个叫老鸦窝村的贫农家里。他的父母望着他，愁容满面。出生不久，他的哥哥就被抓去当了壮丁。为保住全家唯一的劳动力，父母给他取了个女孩的名字——欧阳玉蓉。他从小男扮女装，像泥泞中的野草艰难生长。

1963 年 11 月 18 日早晨

白雾茫茫，细雨蒙蒙

湘江东岸的群山之间

长满红艳艳的枫叶

一辆满载旅客的列车由衡阳北上

风驰电掣地向前飞奔

伴随着刺耳的汽笛声

列车驶入峡谷中一个急转弯的当口

此时，驻耒阳某部

从野外拉练归来

一队炮兵战士

拉着驮炮的战马

沿着铁路东侧，迎面走来

突然，一匹高大的战马驮着炮架

被突如其来的火车吓住了

它跨上轨道

站在路轨中间，纹丝不动

列车以每小时 30 公里的速度
向这匹战马冲来
100 米，50 米，40 米……
车轮与铁轨惊恐地，嘶叫着
尖锐的摩擦声响彻山谷
车厢剧烈地晃荡着
一场灾难就要发生
千钧一发之际
你大喊一声，冲了出来
如猛虎下山，用尽全力
把战马推出轨道之外

那是怎样的一种悲壮？
像疯狂的大海呼啸着
冲洗葡萄藤和火山审起的地段
那是怎样的一种速度？
像闪电以犁铧的锋芒
切割故乡广袤的原野
那是怎样的一种精神？
像月亮散发芬芳，抚慰大地的创伤
在暴风雨收回乌云之前
你留下一片棕榈
闪亮雨露洁净的全部

一切重归于静

你倒在了无情的车轮下

列车上数百名惊慌的旅客

急切地把头探出车窗

周边的百姓

也纷纷从各个方向围了过来

谁也无法想象

那一刻，你以怎样的勇气

在茂盛的芳草上迈步

你丈量清晨的阳光

独自上升，满脸熠熠

你朝着天空的方向

向上，向上，向上

那是灵魂升空的必经之途

远方，闪耀金属的亮度①

山脉如黛，而更远处

是春天的群山

那不可接近的梦想的轨道

太阳啊，你不是拥有

无所不能的光芒吗

为何不能将人间寒冷的黑夜驱赶？

鹏鸟啊，你不是拥有

无穷无尽的欢乐的时辰吗

为何不能让我的心里

释放难以承受的忧伤？

---

①.火车安全地通过了，在冲滑了300多米后停了下来。欧阳海身受重伤，倒在血泊里，献出了年轻的生命，年仅23岁。火车司机张世海失声痛哭："他救出了几百旅客的生命啊！"欧阳海用英雄壮举实践了自己的人生诺言："如果需要为共产主义的理想而牺牲，我们每一个人，都应该也可以做到脸不变色心不跳。"

欧阳海，我的英雄

在故乡的草垛前，你回来了

头顶已没有荆冠

在村口的池塘前，你回来了

身上已没有汗渍

在父母的坟堆前，你回来了

你的灵魂如此干净

大片青草穿好衣服，遮盖你

一如遮盖悲痛的语言和泪水

不久后的一天

彭德怀元帅在成都新华书店

买了一本《欧阳海之歌》

读到感人处，连连落泪

每一处泪痕①

都有"烽火连三月"的悲怆啊

那血色的根难道就是花卉的记忆？

那风的颤抖难道就是衡东吹起的长笛？

那命运的诅咒为何反复抽打着自己

像雪一样，任泪水淹没后来者的双眼？

---

①. 日理万机的彭德怀元帅竟一连读了 3 遍，全书共 444 页。他在 148 页上，用红笔画了线。全书写了批注的地方有 80 页，共 1833 个字。

那是令人怀念的时代

单纯，朝气，美好

连草木都有牺牲的

精神和奉献的勇气

山鹰问：那个年轻人哪里去了？

所有的山鹰都知道

都惊讶于你义无反顾的意志

母亲悲问：我的儿子哪里去了？

所有的母亲都知道

都惊讶于你视死如归的决心

朋友问：我的兄弟哪里去了？

所有的朋友都知道

都惊讶于你慷慨赴难的勇气

亲爱的朋友，如果可以

你来欧阳海烈士纪念馆①瞻仰

你摸摸雪

看雪是不是热得发烫？

你摸摸手

看手是不是冻得发紫？

你咬一口面包

看面包是不是开始滴血？

你凝望天空

看天空是不是开始变白？

---

①. 欧阳海烈士纪念馆坐落于衡东县的新塘镇，自 1967 年对外开放以来，已经接待海内外 400 多万人次的参观者。

亲爱的朋友，我来到这里

我要探寻为什么生命如花

死亡却不给人温暖

它将面包涂上血液

让悲伤在时间中反复稀释

为什么天空阴云密布

让雨水迟迟不下

让乌云遮蔽蓝天

那里本来就是艳阳高照啊

亲爱的朋友，如果可以

你可以拿走我一生的奖金

拿走原本不多的智慧

拿走鲜花，拿走笑脸

拿走梦里的茅台和宝马

但不要拿走我的诗歌

英雄累了，长眠地下

但诗歌不会疲惫

这里的水晶之钟永远长鸣不息

面对你，怀着深深的感恩

因为昨夜的悬崖

你破土而出，用最初的光

再一次把我拯救

◎ **本乐章主调**

反复回荡，优雅，悠长，深沉

向前进，向前进！
战士的责任重，
妇女的冤仇深！
——梁信《红色娘子军连歌》

Part. **3**

第三乐章

伟大的生命

第一节

松：刘胡兰

敌人背叛了自己的诺言

暴跳如雷

而你，乌亮的目光

在宁静中荡漾

小小的手

紧紧握住乡亲们的悲愤

你用力摇晃

试图摆脱天空的压迫

美丽而安详

光明的使者！

你让长夜

停留在你的黑发里

微笑夭折了

粗暴的铡刀

疯狂索取你的生命

15岁，你从容

定格在真理的旗帜下

没有声音

沉默将旗帜染得更红

你淌出的血

在广袤的大地

找到了位置

每一滴，都穿过死亡的

沼泽，成为一块磁石

每一滴，都播下希望的种子

长成一个路标

向着黎明

你这新生的烛光

在东方最高处闪耀

你坚信那扇打开了的门

道路漫漫

被厉风驱逐的寒流

瀑布般直扑而下

雨水打湿了地面

你的忠诚更加清晰

黑夜淹没了头颅

你的形象更加夺目

光荣啊，光荣！

你还是一个小女孩

你原本可以在母亲怀里撒娇

原本可以在校园里嬉戏

原本拥有许多稚气的

可爱的梦想

可你，过早地

承受风暴的打击

你用细小但有力的手

撑起泰山压顶般沉重的黑云

扛起劈向头顶的一道道闪电　　　黄昏在鸟的翅膀上颤抖

你清澈的眼神　　　　　　　　　我踽踽而来

在祖国韧性十足的背景下燃烧　　歌声冰凉

你以亘古的勇气　　　　　　　　我的文字沉重而清苦

在残暴的刀口下　　　　　　　　远方，马蹄声声

写下人生的绝笔　　　　　　　　英雄啊，我看见你固执地

没有申辩，更没有乞求　　　　　守在路口——

你蔑视的眼神扬起的微笑

让刽子手承受一辈子的颤抖　　　等待日出！

第二节

竹：八女投江①

此刻，我写下最哀伤的诗句

写下满天群星

却不见你们发出一丝蓝光

不见你们优雅的身姿

和曼妙的舞蹈在夜风回旋

不见你们的爱情春暖花开

这一切，原本都该有的

可你们选择涅槃

像空中的凤凰，目光坚定

手挽着手，肩并着肩

一步，一步，一步

走向汹涌的冷水

走向沸腾的流红的刺刀

走向窒息的不安的河流

死亡，把你们最美的背影

定格在天空之下

定格在大地之上

而亲人的念想，战友的哭喊

胜利的号角，比任何时候更为嘹亮

---

①.1938年10月，东北抗日联军的8名女战士在指导员冷云率领下，与日伪军展开激战。她们主动吸引日伪军火力，使部队主力迅速摆脱敌人的攻击。在背水战至弹尽的情况下，她们面对日伪军逼降，誓死不屈，挽臂涉入乌斯浑河，集体沉江，壮烈殉国。"八女"分别是第2路军第5军妇女团指导员冷云，班长胡秀芝、杨贵珍，战士郭桂琴、黄桂清、王惠民、李凤善和被服厂厂长安顺福。年龄最大的冷云23岁，最小的王惠民才13岁。

此刻，我写下最哀伤的诗句

战争的乌云

笼罩了小小的村庄

没有一丝风能够幸免

战友一个接一个倒下

哪里容得了一池静水！

"轰"的一声，沉重而冰冷

冻僵了呢喃的鸟语，宁静的心房

炮声摧毁了安睡的大地

夜莺回望天空，惊悚飞起

你们不约而同

从房屋冲向村外

几乎来不及思考

你们扛起长枪，封闭了回忆

撕掉了亲人的叮嘱和牵挂

瘦削的肩膀，担起了黑夜的深沉

扛起了灾难深重的民族

扛起了一个国家的重量

你们的眼睛深处

春天刚过，秋天还很遥远

漫天的雨水，落在牡丹江畔

落在受伤的刁翎镇上

此刻，我写下最哀伤的诗句

八朵青春的牡丹

战争和飞鸟在此积聚

八张朝气的脸庞

振起诗歌黄金般的羽翼

八颗炽热的心灵

灾难吞没了一切

八缕滚烫的魂魄

近在咫尺，静静地望着

遥远有如辽阔的海洋

最大的 23 岁，指导员冷云

正是一生最美的时刻

最小的 13 岁，小战士王惠民

美丽的花蕾还没有打开

你们被狂风卷起

冲入滚滚的河水

万籁俱哀

惊讶发呆的堤岸，泪流满面

以致敬的方式点亮黑暗

此刻，我写下最哀伤的诗句

你们本该是牡丹江旁刁翎镇上的一道风景

有着女儿、妻子和母亲的身份

谁能忘记那去秋的神情

水灵灵的蜜桃

正午的火苗在眼中闪耀

脆生生的百灵

树叶在洁净的水面飘落

你们像藤枝

偎依在亲人的怀里

暖融融的风

倾听甜蜜而安详的声音

河水温柔地歌唱

热情的篝火

夕阳洒下潋滟的颜色

蓝色的宝石在渴望中燃烧

那时的乡村送走宁静，鸡叫狗吠

你们的眼睛在井口和草垛间漫游

秋天很高，春天很近

你们在泥泞的河床上

闻鸡起舞，留恋，盘桓

此刻，我写下最哀伤的诗句

我看见八只蜻蜓

停在空中，排成两队

等待阳光的检阅

我看见你们含香的灵魂

在乌斯浑河畔徘徊

像在寻找回家的路

一支受伤的歌

贴着村口的水井

白雾般袅袅升起

晚霞般久久不去

落到我的诗稿，泪流满面

第三节
梅：赵一曼

如期而来的手指。孤独之歌

伟大的灵魂在嘶哑的古道徘徊

岩石切割群山

群山包围村庄

而你在村庄之外，扬鞭挥马

所有的尘埃落入藤蔓丛生的野地

落入绿意茂密的葡萄园

1905 年 10 月 27 日，宜宾北部

一个叫白杨嘴村的地方

你诞生了，像花一样光滑

你诞生的时候，四月

陷入重重的黑夜

冬天嵌入铜镜

你几乎来不及慢慢成长

你一出生，就已长大

你一长大，就感觉到

家和国竟连得如此之紧

一寸土就是一个国家的名字

一寸土就是一个民族的象征

一寸土给了多少人生，又给了多少人死

你透过斜坡石缝间的强劲的风

看见被统治的雪的颈椎

如一动不动的绿松

带着祖传的样子

与沉睡的钟靠在一起

你揭旗而起

伴随着一阵阵剧烈的撞击[①]

你见证了渺小和崇高

见证了邪恶和正义[②]

雪的牙齿发出寒冷的声音

爪一样的月亮

射出一束束威胁的利箭

冰凉的发髻，颤抖的审讯

凝固的空气以及难以置信的

你的坚定，你的微笑

日军使用马鞭

狠狠截击你流血的伤口

你痛苦得几次昏了过去

你用手的语言挡住火山的喷口

你用血的波浪指认革命的方向[③]

---

①. 赵一曼写下《滨江述怀》："誓志为人不为家，跨江渡海走天涯。"她成为日寇害怕的"红枪白马"。

②. 1935 年 11 月，在与日军作战中"我们的女政委"赵一曼英勇顽强，为掩护部队身负重伤，在昏迷中被俘。

③. 无论怎样严刑拷打，有关抗联之事，赵一曼没说出一个字，但她说："我的目的，我的主义，我的信念，就是反满抗日。"

死亡的柑橘花固执地舞蹈

每一天的呻吟泛起矿石的泡沫

你在黑夜祈祷，摸索，挣扎

而致命的蛇，昂起三角铁的额头

那写满密语的沉重的背后

是寂静的圆顶之上的纯洁的祖国吗

是大海的新娘掀起的教堂的钟声吗

是盐的枝条挑落的黑翅膀的樱桃吗

你躺在自己的信仰上

像塑像上的钢板

成为无可接近的封闭的风暴

无论是涂蜜的手

钻石的诱惑，新生的塔，儿子的挂牵

无论是指头的婆娑和树根上升起的忧伤

还是家人的叮嘱，雾霭中的鸽子

无论是凄凉的雷鸣

植物的记忆，浪漫的群山，海洋的未来

白发苍苍的父母，以及

望眼欲穿的老去的村庄

都无法撬开你半个秘密①

你坚贞不屈，守护心中的玫瑰

最终，你被押回珠河县处死"示众"

一封《告儿书》，让你的灵魂镀上了黄金

---

①.1936年6月30日，赵一曼再次落入日军手里。气急败坏的日本军警对她使用了老虎凳、灌辣椒水、电刑等酷刑。

青山处处埋忠骨

贫瘠的寸草不生的土啊

经过战争的掠夺和拷打

经过将士们的血

慷慨赴死者的肉

以及无数平凡或非凡者的骨灰

土地已经肥沃

处处盛开生命之花

你的生命带给河流的启示

拥有一寸土就拥有一个家园

拥有父亲、丈夫与孩子

拥有家庭、宁静和爱

拥有平凡中的幸福

拥有一寸土就能拥有山花烂漫

就能安居乐业，生生不息

你的生命带给大地的启示

最初的重逢只有一抔土能留下

最后的离别只有一把土能够带走

每一块土，都是一个火焰的城堡

都是一种仪式，死亡或再生

第四节

菊：向警予

暴风从根的切口仓皇隐遁

如潮的乌云开满头顶，山上

冷风嗖嗖，布下阴谋和陷阱

雨，不可一世地倾泻

没有归宿的雨

把天空瓜分殆尽

大地的麦子

池塘、草垛和小船无影无踪

雨，没有愤怒

只有种子一样的情愫火山般爆发

你，向俊贤，向家的好孩子

溆浦人民的好女儿

中国共产党唯一的女创始人

你看见苍茫的后面是雷霆和闪电

是乌云的仇恨，是血与火

是抗争，呐喊和剑之歌①

①. 1928 年 3 月 20 日，由于叛徒出卖，向警予在法租界三德里被捕。是年 5 月 1 日，在余记里空坪，向警予被押赴刑场，狠心的屠夫砍下了花朵的头颅，33 岁，正是一个母亲最好的年龄。

8 岁，你成为最早的

清醒者与逐梦者

悠悠长发飘扬

在校园含香的春风中

你沿着辰河直达汩罗

将屈原的忧伤收起

带着木兰般的梦想

带着万里赴戎机的慷慨悲歌

上下求索，视野所及

满山遍野的羊群

剧烈地燃烧，奔跑或溃逃

风吹草低，作蠖的夏

爬上荒芜的手臂

当你的名字——警予

伴随着黎明的风

第一次触碰我的耳膜时

好似芬芳悄然飘来

好似柠檬花的指头

抚摸所有沉睡的人

发白的风，冻铁似的山岭的空气

磨亮了岩石和周围的孤寂

既然被淹没的小草

总有昨日重现的时候

既然泪洗的灵魂

总有阳光普照的日子

既然消失的名字和村庄

总会写进没有文字的书本

天空终能伸直腰杆

伸直善良，伸直自信

以及你那无边无涯的

恬静的微笑

敌人用滚烫的钳子

咬住你的舌根

在留下的一条条鲜红的罪证中

我听见了你的痛苦

被沉默的坚贞掩埋

听见锯齿切割的声音

那么尖，那么利

那么疯狂与仇恨

每一次深入

都有血浆奶水般溢出

在漫漫长夜中

你用女性独特而坚定的目光

点燃一片夜空

你细弱的喉咙

唱出人间未闻的歌声

那么多跟随者

惊讶，欢快，认真倾听

你从田野的寂静出发，挥一挥手

鸟，停止了追问

站在夕阳的电线上梳理羽毛

鲜花收敛了芳香

蛰虫屏住了呼吸

时间从哲学的树枝上

跌落，天空一蓝再蓝

在生命最后的小路上

每一棵青草

每一条泥泞的路

都铭记着你赤诚的呼唤

我多么希望你能够看见

属于你的擎起的火炬

在人民英雄纪念碑前

早已矗立成不灭的灯塔

许多年后，我来到你

曾挥洒过血与泪的土地

仍然能听见从尘埃中冲出来的

哭泣与呐喊

在伟大的组织面前

你的卑微

就如这样的一粒尘埃

我不敢用泪水表达

自己的感动与敬仰

只用自己擅长的方式怀念

我知道有无数的人

用无数的笔墨

不断摇曳你的名字

抒发对你的勇敢与坚强

但我仍然坚持

做好自己的一份表达

我拾不起一枚枯叶

一块碎片，一抔黄土

我只是感觉温暖，感觉充盈

感觉有些不安与心痛

每次清明过后

念想愈来愈稠

直接越过潮湿的 5 月

抵达 6 月的中心

抵达喧嚣过后你的宁静的居所

那里，天空朗朗，清风徐徐

第五节

兰：杨开慧

无疑，你是世间最美的女子

也是最美的妻子和最美的母亲

当青春跃动的弦

不断弹奏心灵的悸动

你一遍遍重复着

"我是真的爱他呀"

1930 年 10 月，你不幸被捕

为了他，你宁可不要生命

你拒绝退党，拒绝与他脱离关系

你想过与他共度余生的所有可能

即使是蜡炬成灰，你仍说——

"一定要同他去共这一个命运"

你就是这样无怨无悔

你专注于他，以及他的那一份事业

你用沉甸甸的爱，在茫茫大地

写下自己兰花般的名字

你是云锦，是霞姑，是云霞

更是他眼里高高矗立的"骄杨"

你将坚毅的光照进了他的生命

多少个不眠的日日夜夜

一支小小的烛照亮一个家

他挑灯夜读，心忧天下

你生儿育女，操持家务

大革命失败后

他去领导秋收起义

开辟井冈山革命根据地

你独当一面，带着年幼的孩子

参与组织和领导长沙、平江、湘阴的

武装斗争，宝塔般的唢呐

吹开了漫天乌云

二胡上的音符

在流水的山岭叮当作响

生命如水，一滴一滴流淌

沿着风化的阳台、铜镜与爱美的天性

沿着长满睫毛的露珠和永恒的岸

经你的手掌慢慢消失

1927 年 8 月底

你给他穿上草鞋

送到村外，你怎么会想到

那一走，就是永诀

而山村永远是山村

草垛永远是草垛

茅屋，风铃和马灯

永远没有褪色

"他会回来的！"

这个信念，你至死不变

夜深人静

为你的执念与馈赠

我总是深沉地看着他

爱戴，崇敬，感恩

生命之盐，每一颗

都有汗的心酸和泪的真实

爱情，爱情，即使在如此

险恶的年代，依然熠熠生辉

"算人间知己吾和汝"①

残酷的暗夜里

你是他最亮的陪伴啊

青春从思念开始

你在书本里沐浴阳光

沐浴属于上天的恩赐

"书信不可通，欲问无人语。"

熊熊篝火，肆意点起

离别后的痛苦与思念

"兹人不得见，惆怅无已时。"

正是那个残月西流的凄楚之夜

昏暗摇曳的烛

是孤寂，也是陪伴

他说：枕上堆积之愁如江海翻涌②

而你又何尝不是同一种感情？

一遍遍的"是否"③

仿佛是枯瘦的夜里相思的呓语

烛光里映照的，是你

燃不尽的担心和牵挂

---

①．毛泽东《贺新郎·别友》：挥手从兹去，更那堪凄然相向，苦情重诉。眼角眉梢都似恨，热泪欲零还住。知误会前番书语。过眼滔滔云共雾，算人间知己吾和汝。人有病，天知否？

②．毛泽东《虞美人·枕上》：堆来枕上愁何状，江海翻波浪。夜长天色总难明，无奈披衣起坐薄寒中。晓来百念皆灰烬，倦极身无凭。一钩残月向西流，对此不抛眼泪也无由。

③．杨开慧《偶感》：天阴起朔风，浓寒入肌骨。念兹远行人，平波突起伏。足疾已否痊，寒衣是否备？孤眠谁爱护，是否亦凄苦？书信不可通，欲问无人语。恨无双飞翅，飞去见兹人。兹人不得见，惆怅无已时。良朋尽如此，数亦何聊聊。念我远方人，复及数良朋。心怀长郁郁，何日复重逢。

你终究"不做俗人之举"

风雨同舟，是你

与世界铿锵地道别

自你决定与他共度命运起

革命理想与他

便是你的生命的全部

识字岭，早已不见当年的腥风血雨

但岁月不会忘记，暗夜里

那跳动的烛光

"开慧之死，百身莫赎。"

这声音穿过历史的长廊

擦亮了黎明

他是人民领袖

是新中国的缔造者

更是你心爱的丈夫

你以年轻的生命

捍卫你的爱情，捍卫自由和信仰

捍卫你的尊严，你的荣耀，你至高无上的权利

你选择他，也就选择了一切

选择了苦难、悲伤、牺牲

选择了责任、担当，以及地老天荒

第六节

莲：江姐

隔着青草，我看见你
还是那么美丽
那时，即便给你
一树繁花，你也看不见春天
那时，你没有时间对镜梳妆
你没有时间
嗅闻阳光晒后的泥土的淡香
你没有时间
打量黑色茄子与藤蔓之间　　你用石块垒着石块
悄悄呢喃，以及豆角、地瓜　　接受组织的安排
在田间地头谈情说爱　　　　　与彭咏梧扮作夫妻
　　　　　　　　　　　　　　将地下党组织串联起来
　　　　　　　　　　　　　　你用空气连接着空气
　　　　　　　　　　　　　　因为爱，你们终于成为夫妻
　　　　　　　　　　　　　　你用时间连接着时间
　　　　　　　　　　　　　　你的丈夫不幸牺牲
　　　　　　　　　　　　　　你就毅然接替他的工作
　　　　　　　　　　　　　　"这条线我熟悉"
　　　　　　　　　　　　　　隔着青草，我看见你选择的时候
　　　　　　　　　　　　　　是那么的从容与淡定，没有一丝犹豫和害怕

用什么来记住你，亲爱的姐

1948 年 6 月 14 日

叛徒出卖了自己的灵魂

也出卖了你，你不幸被捕

重庆渣滓洞监狱

记住了你的刚毅、你的美

英雄啊，生命之树！

大地永久的居民

你的意志像陌埂上的石头

像发光的煤

敌人的刀耕火种

在你的血肉上扭动和挣扎

那生锈的犁发出

阵阵嘶哑的叫声

如气急败坏的牛

徒然地磨烂了流血的肩胛

空气变得越磨越薄

像月亮一样锋利

用什么来记住你，亲爱的姐

各种酷刑轮番表演

老虎凳出场，吊索狂笑

带刺的钢鞭跳舞

失去人性的电刑

张开血盆大口，如期而至

你心中的忧伤

远远高过你眼前的痛苦

有谁看见一群赤足裸胸的年轻男女

躬身走进革命的中心

在烈日下，在稻田里久伏不起？

他们真实而卑微

动作粗野，在有缺口的碗里

装上泥巴、血泪和一直向往的粗茶淡饭

他们要在暴风雨来临之前

把全部的庄稼收回去？

"毒刑拷打，那是太小的考验。

竹签子是竹子做的，

共产党员的意志是钢铁！"

这是你对敌人的嘲笑

你如山的坚贞和如虹的气概

来自你的忧伤，来自你的责任

来自你的自觉、你的绵绵无尽的大爱

悠悠苍天的耕耘者

你，来自天地之间

来自沾满泥土的人民之中

你熟悉大地的气味和行为

你牢记那些下垂的阴沉的夜

你牢记劳作者痛苦而疲惫的表情

像一片树叶，额头刻满时间的皱纹

1949 年 11 月 14 日

正是黎明的时候

一本 29 岁的生命之书　　　　　　　　　　隔着青草，我看见你

被突然撕开　　　　　　　　　　　　　　还是那么美丽

血溅一地，渣滓洞　　　　　　　　　　　连绵不断的阴雨

成为教科书上被谴责的罪恶的代名词　　　洗涤我的思想

　　　　　　　　　　　　　　　　　　　我在极地之侧

用什么来记住你，亲爱的姐　　　　　　　看人们纷纷上路，去或者来

《红岩》里发光的人　　　　　　　　　　我坚信：有信仰的地方

从消费主义的泡沫中飞速穿过　　　　　　就会有脚印、河流和村庄

不愿停留一刻钟，直到今天　　　　　　　就会有金木水火土尽情歌唱

被点燃的烈火，熊熊燃烧

愤怒的种子　　　　　　　　　　　　　　成堆的种子一一散开

从板结的文字里破土而出　　　　　　　　还需用什么来记住你呢？

消解着欲望，将纯净的泥味　　　　　　　亲爱的姐

推向土的更深的辽阔　　　　　　　　　　你长眠在疲惫的大地上

让晴朗的天空一蓝再蓝　　　　　　　　　我生活在祥和的天空下

第七节

百合：周文雍和陈铁军

直到最后一刻，我还不敢相信

你们顶住了一只突然压下的手

来自高空，直至时间的终结

你们打开古老的音节

卸下光彩绚丽的面具

成为独立的人

成为两个有血有肉、有七情六欲的人

充满着温情、梦想和人间的烟火味

---

①. 周文雍，广东开平人，1905 年 8 月生。曾任中共广东区委工委委员、广州工人纠察队总队长、中共广州市委中组部部长兼市委工委书记等职。陈铁军，原名陈燮军，广东佛山人，1904 年 3 月生，1926 年 4 月加入中国共产党。1928 年 2 月 6 日，广州起义失败后，周文雍和陈铁军在黄花岗英勇就义。刑场上，两人宣布正式结为夫妻。陈铁军发表最后的演说："亲爱的同胞们，姊妹们！我和周文雍同志的血就要洒到这里了……过去为了革命事业的需要，党派我和周文雍同志同驻一个机关……两人的感情也很深……一直保持着纯洁的同志关系，还没有结婚。今天，我要向大家宣布：'当我们把自己的青春生命都献给党的时候，我们就要举行婚礼了。让反动派的枪声，来做我们结婚的礼炮吧！'"

大地作证，你们举行特殊的婚礼

篝火点起，悲壮的号子穿过人群

一捧又一捧酒水从头顶倒下

湿漉漉的哀歌在旷野上铺展

干裂的眼睛

没有谁流出含盐的液体

没有谁跪在月光的阴影里

你们戴着重重的手铐

站在爱情的光明里

站在未来的甜蜜中　　　　　　　可这一切，对你们而言

你们向往像正常人一样　　　　　那么美好而奢侈

做一对有情有义的夫妻　　　　　你们把对党的忠诚转化成

有一个幸福的家庭　　　　　　　另一个世界的永久的想象

有老人，有孩子，有哭笑声　　　而现实中的这一刻

小小屋子里堆满坛坛罐罐　　　　没有烟花和美酒

一条狗趴在门口，等待主人归来　只有瞄准的枪眼

　　　　　　　　　　　　　　　只有内心的石头和语言坚定不变

　　　　　　　　　　　　　　　只有大义的磅礴

　　　　　　　　　　　　　　　划破黑夜的宁静

　　　　　　　　　　　　　　　所有的人举起了杯子

　　　　　　　　　　　　　　　天空震惊，俯首倾听

　　　　　　　　　　　　　　　"让反动派的枪声，

　　　　　　　　　　　　　　　来做我们结婚的礼炮吧！"

激烈的暴风雨侵袭着人群

闪电撕破天空的黑暗

砸开你们的镣铐

轰隆的雷声，伸出锋利的剑

自由，自由，自由！

革命，革命，革命！

这山，这土，这野蛮的种子

吃碱的树！母亲！

奶水有毒的母亲

为什么你的背影如此沉重？

为什么你的脊背如此坚挺？

刑场，婚礼

婚礼，刑场

祖国啊，我的母亲

这就是你的儿女

这就是永远托举你屹立不倒、昂扬向上的儿女

这就是你永远爱不够的

像向日葵一样纯洁的孩子啊

周文雍，陈铁军

我的英雄，我的亲人

叫上你们的名字，我已泣不成声

曾经的歌声，飘荡在

那幢共同居住的房子里

温暖的呼吸穿过你们的身体

骨头里的记忆潮水般涌来

是除夕夜那桌难得的团圆饭的香气？

是监狱窗眼里

那一抹忽隐忽现的飘动的火焰？

还是阳台前那盆从未搬动过的

流出泪水的冬梅？

不，都不是！

漂浮在骨髓记忆里的

是一张沉淀了青春的泛黄的旧照片

这是小小的一张

也是你们唯一的一张

半旧的西服，打满补丁

五尺见方的围巾

挡不住你们喷薄的血液和疲惫

挡不住幽深的泉流

那隐藏太久的深情

终会岩浆般涌出

这是唯一的一次

也是最后的一次

你们打开封存已久的澎湃的深情

那么单纯与自然

像鱼儿回到大海

你们逃避了所有监视者的布控

只让最后一次，最美的一瞬

在最后的时刻出现

你们拉着彼此，凝望彼此

在太阳的光芒中

在蓝天白日里，在铁窗下

在历史教科书中

印下举世无双的婚礼的影子

时间啊，请见证奔腾不息的炽热的爱！

为了伟大的目标，周文雍，陈铁军

你们在充盈着静寂的

至高无上的容器里

存放着人类曙光的崇高位置

而母亲祖国，眼里流下了最深最沉的一滴泪

我的英雄，我的亲人啊！

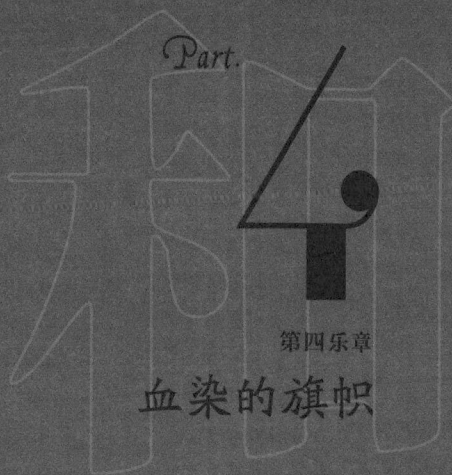

◎ 本乐章主调

反复回荡，激昂，悲壮，清越

起来！不愿做奴隶的人们！
把我们的血肉筑成我们新的长城！
中华民族到了最危险的时候，
每个人被迫着发出最后的吼声。
——田汉《义勇军进行曲》

第四乐章

血染的旗帜

第一节

雕刻：吉鸿昌

从伟大的风暴中

我读到了历史最沉的一页

置身其中的黑夜

再现了一个民族不屈的脊梁

离去的时刻如此揪心

追捕与暗杀一次次袭来

把河流持续的悲叹扔给大海

扔给无用的符号

扔给书本的教条和象牙塔中的臆想

让曙光里的码头

停泊它由来已久的忧伤

儿时的你，习惯了沉默

习惯了对大地诉说

欣赏水草的呢喃

矗立在我眼前，注定是

岩石般发亮的傲骨，你赤着脚

在母亲的胸脯上肆意地奔跑

欢呼的瞬间，连同发黑的泥土

村庄与河流，用一生的时间

倾听你的忧伤，你的气息，你的声音

我与你一同呼吸

与你有着同样的皮肤、血液和信仰

我紧握你的方向，紧握风暴的行程

和渐行渐远的你的背影

炮火！撕裂了山河的恬美

掀翻了无辜的草垛，祸及水井和残月

祸及鸟巢、襁褓中的孩子和寂静的屋顶

你紧闭的愤怒决堤而出

呼啸着，穿过轰鸣的炮火

你目光清晰，刚毅，安详

灾难，带着黑夜固有的特征

浸透我的心灵

催命的枪声，响了七天七夜

你守护心中的旗帜

满是弹孔，仍迎风招展

向着圣洁，向着更远更深之地

而你停留在黑暗中

与梦幻的蝴蝶相遇

与高贵的灵魂相遇

是谁伸出一只手

把你推向大洋彼岸？

是谁载舟而行，驮着一船忧伤

让每夜的思考伴着你的无眠？

你所承载的只有这个字：爱

你多想再亲吻一下故土，亲吻

那湿漉漉的花瓣、露珠和粗糙的脸庞

局势犹如迷雾
你伸手可触却遥遥无望

一片皑皑，像雪一样倾诉怨艾
动词般跳跃的红狐闪烁着诱惑
你无所畏惧
额头堆满了黎明前的恐怖

红楼顶上的夜鸟，从不鸣唱
你倾听寒夜的心跳
谛视黎明琥珀似的表情
你的头颅像灯光一样明亮
你高高地举起，照得邪恶惊慌失措
鲜血染红的旗帜
像燃烧的青春一样质朴
像戒指戴在手上，保有一生的誓言

安息吧！英雄
仿佛夜晚一样，你又回归沉默
遥远而沉静，像固执的忧伤
后继者跟上来，成为一颗颗子弹
装进你握过的
仍然有些发烫的枪管
向着残暴的强盗
发起致命的攻击
最后的笑成为你坟上的小草

硝烟远去，你已不在我的眼前
我站起来，静静地合上书本
合上我的泪水和崇敬
一如你期待的那样
我来，我去，或昨天，或明天
而这，绝非永诀

第二节
献祭：陈树湘

我站在湘江北去的河岸
凝望你
凝望匕首的誓言和从未有过的爱情

你叫树春，树湘的原名
佃农世家，童工的命运
春天里充满温度的名字
面对镰刀和斧头
你庄严地举起拳头
举起黑暗中的大火
举起你抑制不住的澎湃的激情

一切仿佛昨天
当最后一滴血消失于斑驳的城墙
你无比坚定的党性和觉悟
贯穿你的追求和始终如一的流向
你的清澈，你的纯粹，你的精神
奔腾在浑浊之后的潇水之滨
"革命理想高于天"
你掷地有声，高高扬起的手臂
越过道县的上关大桥
越过飞霞山上的古松
像一匹战马朝着"双巴祖"方向奔来
我站在一旁，注视你扬起的灰尘
依然能感受到真实的风声和断肠的疼痛

我站在湘江北去的河岸

音乐响起

那个无法选择的夜晚

月亮伸展柔软的皮肤

空中氤氲着腥风血雨

被江水洗白的头颅

陷入一个个黑色的漩涡

湘江之战，千军万马的咆哮

愤怒的火焰

在沸腾的嘶叫里熊熊燃烧

一匹马累了，倒在饮水河畔

久久不愿起来，马背上的人

跌落地上，满嘴是血

一只手断了，手心握着泥巴

另一只手举起一面破损的旗帜

汗水从充满泥浆的脸上流下

你重伤的瞳仁喷出仇恨的暴怒

那些跟随你的战士，满身疲惫

一寸一寸读懂了你的天空，你的湖泊

读懂了你的呼吸，你的肌肤

那闪耀着红色光泽的真理

读懂了你高举的拳头里

"为苏维埃新中国流尽最后一滴血"的誓言

他们迎着子弹，没有一人后退

他们喊着同一个人的名字

含笑赴死

声声马蹄，跌入江水

他们在最高的荣耀里，汇入

你的天空，你的湖泊，你的呼吸

我站在湘江北去的河岸

从时间的静寂里感受一副担架的疼痛

滴血的过程，缓慢而沉重

当恐吓无用，威逼不灵，利诱失效

黑鸟悻悻然飞向另一条河流

很多东西消失了

那天晚上，那条道路，那个瞬间

还有树丛的呐喊，河水的呻吟

以及你的喘息，都消失了

唯有山涧溪流叮咚作响

而你的无畏，你的血液，你的不屈

连同你的决绝、你的青春和最后的微笑

被森林收藏，被大地挽留，被岁月传颂

你就是那个不愿从马匹上跌落的人

你就是那个不愿躺在担架上的人

你就是那个不愿被敌人夺走尊严的人

你断肠明志，撑起湘江战役的骨骼

后来者在纪念碑前仰望星群

清风徐徐

你披着新生的不朽之光

暗香阵阵

你的灵魂紧紧缠绕在洁白的云朵上

那是怎样凛冽的寒冬啊

城墙上悬挂的头颅

是你最后的坚实的静默

是尘埃无法掩埋的镀金的功勋

来自泥土的，必回归泥土

来自光芒的，必催生光芒

我站在湘江北去的河岸

一首诗歌横过湘江，翻山越岭

来到我的城墙，我看见

自己的泥土和光芒

那承载着泥土的记忆的光芒

红红的光芒涂满了你的脸颊

黑暗中的压迫，冰封下的嘴唇

都无法阻挡你的意志

启程的阳光穿过风雨

抵达远方

那里，天空湛蓝，海鸥飞翔

许多年后，伴着鸟儿的

啼鸣与泪水

我重新踏上这方热土

我依稀听到偷袭的枪声从树丛中响起

依稀看到掠过时间的花朵和江永桥头的铺马山

在逆流的牯子江中穿行

与你生死相依的马匹像风一样掠过

但它依然无法超过子弹的速度

你的腹部被打穿

鲜血流到了红军主力的最前沿

你的DNA在湘江隆隆的炮火中得到确认

我站在湘江北去的河岸

河流两岸，那些偷袭者终成亡魂

没有谁能够幸免

如遗弃于荒野里的词

当河流这边的枪声沉寂

另一边就是秋天

稻子在阳光下褪去一层层雨水

褪去雷的粗砺和电的锋利

从风的皮肤上滑过，无影无踪

我站在湘江北去的河岸

我仿佛看见，那泰山般巍峨的身影

仍然保有你一贯的姿势

仍然保有你山峰般的缄默

你的名字让我理悟了革命的庄严

你的忧郁让我体味了祖国的乡愁

你的选择让我认清了正义的道路

作为共和国最鲜活的记忆

你凝望新生的黎明，如此专注

青涩的光芒镌刻于你的额头

你凝望黎明的神态

有着河流般丰富的表情

你深情的凝望点燃了大地的火焰

你的光芒照亮两岸的村庄、农田和古井

父老乡亲将阳光的味道留在对你的思念中

我知道，由意志铸成的缄默

是你抗击敌人强有力的武器

我知道，你绞断血肠的赤子之心

连同你朴素的名字，陈树湘

在人民英雄纪念碑上

刻上了你的崇高，你的忠诚和信仰

第三节

铭记：杨靖宇

有一个名字，让我来到铁的边缘

来到东北的白山黑水

来到空气潮湿的峡谷

来到抗联战士的

动员大会和敌人的穷途末路

来到那无可救药的昏眩的

阵地和盘旋的炮楼

死亡，铺天盖地

像催命的海，一浪接一浪

你，就在这波浪之中

没有沉默包围的曙光

没有眼泪浸泡的遗产

甚至胃里没有一粒食物

比如残留的饭菜、一颗麦粒，或一抹盐巴

只有泥土、碎石、枯草、树皮和棉絮

你留下的，不仅仅是一块骨头

更是永远压不垮、摧不弯

打不断的民族的脊梁

是谁被无名马匹驮来？

你无法忘记荒野上枯瘦的岁月

揪心的啼哭穿过秋天

残败的黄昏，无助的枯草

入侵的狼在暴风雪前节节败退

猎人在准星上看得清楚

冷酷，残忍，真实

你的头颅在射程之内

生与死，像血一样夺目

你的故事被编进了童谣

回荡在落雨的小巷

你苦难的叶片

蘸着灵魂的血液燃烧

当混乱的声音和着粗糙的泥浆

将一张张脸谱定格在历史深处

有一个名字

伴着松花江水奔涌流淌

这名字写进了历史教科书

镌刻在丰碑上

这名字与勋章在一起

零下 40 摄氏度的蒙江

因为你的誓死相抗

黎明被秃鹰掏空

一声巨响，大地缓缓摇动

生命像蝴蝶

在广袤的天空呈弧形滑落

死亡的时间被撕得七零八散

蚊子沟、土口子、长冈

岔沟、木箕河、大蒲柴

没有一个地方

不让嗜血成性的日军惊恐万分

一个人，以一敌百

历经五个昼夜的生死较量

一个人，慷慨赴难

在黑夜的长河洒下满天星光

在烈士陵园，人们结束了

漫长的旅程

结束了镰刀、锄头和血淋淋的

冲击与呐喊

火焰中的你，用汗水和血

写完了一生的悼词

最生动的两个字

藏在记忆深处

你从未用皲裂的大手

细细触摸

那些留下了遗憾、贫穷的人

同时留下了孤儿寡母

你让最亲近的人

看清了悲剧的本质

丢掉幻想！面对残暴的狼

你用枪回击，用命回击，用仇恨回击

你眼睛上的血，触目惊心

那最大最沉的一颗

是你生前唯一的泪滴

第四节

致敬：张自忠

山泉与松柏之间

松柏与巨石之间

有水流过，有金子在风中打磨

有森林的愤怒在原野燃烧

战争，血与火的洗礼

死亡的硝烟咄咄逼人

蝗虫般弹片无孔不入

一群群年轻的向日葵被风暴摧残

灾难深重的民族

即将陷入万劫不复的深渊

被泼雨撕打的不仅仅是旷野

被烈日灌溉的不仅仅是钟声

被炮火熏烧的不仅仅是战争

被邪恶追杀的不仅仅是权力

被语言驱逐的不仅仅是丑陋的副词

甚至钥匙的温柔

落叶的辉煌，纤维的仇恨

以及，你眼前的黑暗

1940 年 5 月 23 日

战火仍在延续

日寇的飞机在空中盘旋

湖北，宜昌，十万军民聚集

十里长长，为殉国的英雄送行

这位英雄，就是第三十三集团军总司令

上将张自忠，他叫"荩忱"，他已尽忠

这是将军灵魂升天的第七日

山河呜咽，草木含泪

呼唤英雄归来

　　　　　那个世界没有盐米

　　　　　没有鲜花和黎明

　　　　　只有黑暗，无边无际的黑暗

　　　　　把缺肢少腿、身首分离、脑袋开裂的魂

　　　　　聚到一起，像一本血淋淋的书①

　　　　　冰凌上的血早已凝固

　　　　　萌动的夜闪烁忧伤的星光

　　　　　一只鸽子从广场飞走

　　　　　高高的石碑下

　　　　　沉重的历史像尘封的日记

　　　　　被庄严地打开

---

①. 张自忠将军在日记中写道："不管枪不如人，炮不如人，人不如人，我总要拼命干一场……死也要死个样子。我觉得我越走越光明。"

四月从清明的叶片上消失

黑夜在黎明的唇上留下阴影

风在远方喊叫，而蓝天同阳光一道

将军用愤怒的怒吼复写宁静①

将军铿锵的声音穿过

历史的隧道与民族的咽喉

在国家的未来和复兴的大业中

反复回响

残酷的旷野

伤痕累累，战士打马归来

为国家的危亡冲锋

为血洗的战争作证

为棕榈的诞生，夏天的昏聩

为芭蕉的哭泣，丰收之舞

为无神的神话和将军的荣耀

写下重重的一笔②

这是怎样的勇敢！

让你的生命气贯长虹

这是怎样的血性！

让暗夜看见曙光的诞生

这是怎样的牺牲！

让誓言镀亮发黑的灵魂

---

①. 张自忠将军说："国家到了如此地步，除我等为其死，毫无其他办法。更相信，只要我等能本此决心，我们国家及我五千年历史之民族，决不至亡于区区三岛倭奴之手。"

②. 张自忠将军慷慨悲歌："现在到了生死存亡之际，正是军人杀敌报国之时，子弹打完了，要用刺刀杀，刺刀断了，要用拳头打，用牙齿咬。"

第四分队一等兵藤冈

端着刺刀冲去，像疯狗一样

受伤的将军啊，你

从血泊中猛地站起

眼睛死死盯住藤冈

入侵者不寒而栗

一旁的第三中队长堂野射出一颗子弹

击中你的头部

藤冈趁机倾全身之力

向你高大的身躯刺去

罪恶的日寇万万没有想到

他们杀死的竟然会是一位总司令

是二战时期盟军中

阵亡军衔最高的中国将领①

倒下去的躯体啊

心脏仍在搏动

像这些文字，历九难而不死

沉淀血球的杯子

被将军的光芒照耀

玻璃的伤口，温软如玉

忧伤的歌贴着地面缓缓响起

"爱人，我到你身边，是多么遥远，

而死亡离我们是如此的近！"

两个月后，将军夫人李敏慧听闻噩耗

绝食七日，乘风化蝶

追随将军的英魂而去

将军夫妇合葬在重庆梅花山麓

在那山坡地带，在石块的玫瑰

树丛的光，绿色的松柏

月亮的马，含悲的森林

不时掀起一片沸腾

仿佛活跃的湖

使我看清黑暗的巨大

仿佛新的豁口

让我珍藏和平的嘹亮

①. 张自忠将军全身有8处伤口，炮弹伤2处，刺刀伤1处，枪弹伤5处，右肩、右腿为炮弹伤，腹部刺刀伤，左臂、左肋骨、右胸、右腹、右额各中一弹，将军殉国时，年仅49岁。

第五节

树碑：罗忠毅

将军，请你停一下

让我看看你的背影

看看你一路攀登而诞生的风景

给我手吧，从你那痛苦遍地的深沉区域

给我额头吧，从你那宁死不屈的高粱地里

风，从南到北穿过

你已经回到了岩石的底层

回到了地下的时光和祖国亲切的呼唤

你不再发出痛苦的声音

可你那穿了孔的发红的眼睛

还在死死地抓着发焦的战场

你的手插入

这暗红的土地，指甲翻起

四周飘着大雪般热烈的柳絮

那是一摊摊凝固的血

丑陋而狰狞，像你一次次击毙的

从地狱里蜂拥而出的恶鬼

将军，请你停一下

让我看看你的背影

你，罗忠毅，湖北襄阳人

新四军抗日名将

福建省军区某军分区司令员

那么多人从大地的深处

看着你，欢迎你，跟随你

无论是沉默的农民

无论是纺织工，牧人，无业者

还是吃了上顿没下顿的拾荒者

无家可归的流浪汉

站在危险屋顶上的泥瓦匠

以及他们的兄弟姐妹

你的拳头紧紧握住

从入侵者手里夺回一寸，一寸

带着腥味的自由，夺回

带着黎明的光和人的尊严

你把古老的痛苦埋葬

在村子的最南边

那里有一口遗失的老井

和一棵光秃秃的树

你把新生活的希望带给大家

那里流着你的血

你的伤口在风中消失

将军，请你停一下
让我看看你的背影
1941 年 11 月 28 日
时间定格
江苏，溧阳，塘马
日本入侵者在飞机和大炮的鼓噪下
一次次冲击你的城墙
你用野马回击
用枪托回击
用牙齿回击
用刀尖回击
用一切能够找到的武器回击
当所有的武器打光了
你就成为最后的愤怒的武器
比复仇更坚决
你的眼中迸出骇人的光芒
你的血液如火燃烧
你的心脏坚硬
好像从远古洪荒的混沌中
奔腾而来的战神
你迎着炮弹和枪口
每一步都嘲笑死亡

将军，请你停一下
让我看看你的背影
雨雪缠绕孤岛，经久不绝
染红的时间为你鸣唱
你在轮回的桥头徘徊不前
直至三月的青草铺满大地
你倒下的地方长出一棵松树
每到傍晚，暮色降临
大地的灯推开那扇半启的门
你不用如此迟疑
一棵树在广袤的天空下
多么渺小，像黎明前的微光

将军，请你停一下
让我看看你的背影
无论是否穿过河流
我不会忘记许下的诺言
因为你走过的路
都留下了沧桑的足迹
因为你，我长久地思考
生命的价值与意义
回首和远望，都是一种诱惑
挥手并非都是告别
无言并非都是无奈
因为你，我常常用挥手的方式
挽留某个故事，挽留茶香的下午
常常以无言的问候
抚慰一片真情，一片生命的辽阔

将军，请你停一下
让我看看你的背影
我喜欢在不眠的夜里
打开窗户，让永不褪色的月亮
把湿润的故事慢慢晒干
我明白船的一生
只在此岸与彼岸摆动
人的一生，只从今天走向明天
在黄昏尽头听雨
一颗水珠湿透整个人生

第六节

立传：吴运铎

在那个生死喧嚣的年代

冰冷的金属黏着滚烫的泪水

静寂里，高高的寒风穿过额头

远方的歌声响起

革命的热情早已变成从不变调的神圣信仰

在黎明的暗夜里

在生与死的分水岭

江西，萍乡，安源煤矿

你手中的旗握得更紧

这是你的诞生地

那是道路的选择，是一生的命运

中国的"保尔·柯察金"

是真理的方向，是红色的誓言

像一个贫穷住所的继承者

"把一切献给党"

人们在日复一日的苦难中死去

你用破碎的手扬起

你从火塘边抬起头

伟大的人格、胜利的呼啸和生命的巨浪

听见祖父在野外悲号

时间在掌心静止

石头在春天与秋风之间交谈

你紧紧地扣住身体

不发出一丝声响

你的肉体在火炉上

烧烤，冒出阵阵青烟

锻造的灵魂如此倔强

信念的火焰将天空的黑暗点亮

夜深人静

谁在马厩驻足观望?

一盏油灯照着父亲的咳嗽

断断续续的疼痛敲打

由来已久的贫穷的门窗

逝去的日子，蛇一样冰冷

灾难比雨更多

没有淬火的斧头，迟钝、脆弱

出土的铜兽，钢筋铁骨

能看清血泊里浸泡的匕首

是谁，站在蓝星的注视下?

是谁,把最后的死放在胸口挣扎?

你，一个地地道道的穷人的后代

嚼着青草，喝着淡水

住在茅房的孩子的父亲

一个握着锄头、拿着铁锤说话的人

一个枕着扁担睡觉的佃农

一个抡起拳头猛砸黑色矿石的丈夫

一个捧起瓷碗灌溉水稻

有着顽强生命力和繁殖力的男子汉

你枪林弹雨的一生，真实地

写在沙场的上方，被阳光照射

一张枫叶带着血浆跌入地面

不声不响，凶猛的子弹

打探你前行的姿势

你迎迓而上，执念的初心

将颓废的死亡击得粉碎

时间在盘旋的河流上

掀起一朵又一朵浪花

失去天空的铜被水冻伤

你的目光直视大路尽头

直视一颗子弹

像一匹战马在寒风中屹立

夕阳下沉，晚霞盖住你身体上的巨大窟窿

三次重伤，一百余处伤口历历在目

连天空都不忍多看

赶紧拉下重重帷幕

大地，无声地黑下来

祖国啊，我生于斯、长于斯的故土

我永远爱不过的大江大河

此刻，河清海晏

此刻，现世安稳

在隆起的地平线下

在辽阔大地的呼吸中

成片成片的森林触手般张开

那里的青枝绿叶

连成了长长的河流

每一片，都是向伟大的英雄致敬！

Part. **5**

第五乐章

黄钟大吕

◎ **本乐章主调**

反复回荡，沉重，悲愤，激越

风在吼！马在叫！

黄河在咆哮！黄河在咆哮！

——光未然《黄河大合唱》

第一节

太簇：罗亦农

我不知道你去了哪里

在湘潭易俗河雷公塘

你的家乡，在消失的益智学校

以及同样消失的学生自治会

没有一点你的讯息

也看不到你的身影

只听说你焚烧日货后

被开除的故事

我看到一座小小的房子，陈旧的

虽然经过翻修，仍然很小的房子

据说这就是你的故居

可这里也没有留下你的气息

留下你的体温和你的闪光的思想

你像水一样悄然而去

我从你房子的外面走过

看到门前荒芜的农田和大片的

青草正慢慢消失

我不知道你去了哪里

在你母亲的坟头上

也不见你的踪影

只有一只红嘴鸟

守在那里，固执而忠诚

我看不见你的踪影

只有你生前

用茶树制作的拐杖

上面有着大大小小十余处的疙瘩

上下都有磨损，且有裂痕

你走后，眼睛不好的母亲

就拿着你的拐杖四处找你啊

实在找不到

就把这拐杖当作了你

实在累了

她就靠在拐杖上睡觉

梦中看见一盏灯　　　　　　　我不知道你去了哪里

还有春天开放的茶花　　　　　在莫斯科东方劳动大学

醒来后，她还是没有看到你　　也没有看到你

最终，你离开的背影　　　　　只看到你与瞿秋白一起

一直伴着你的母亲　　　　　　撰写的《党纲草案》

直到埋下她，埋下她的念想　　只看到 1928 年 4 月 15 日

埋下她野草般生长的呼唤　　　这一天的上海，天突然黑了下来

以及大片大片的泪水　　　　　你在有光的天空下被捕

我不知道你去了哪里，但我知道

你心中的潮湿被晴朗晒干

你走过的黑暗被光明擦亮

你的身后，不仅有光明的

理想，更有丰收的喜悦

稻穗的芳香，自由的风

有一望无际的铁路，公路

有平原，青草，河流与树木

有最美的青春，逝去的岁月

以及岁月背后闪着

希望和温暖的远方

我不知道你去了哪里

但我知道那微微闪动着的

是祖国的大河

是你古铜色的皮肤和母亲哼过的歌谣

在干渴和饥饿中，你就是水果

在痛苦和毁灭里，你就是奇迹

我看不到你

只看到你留下的绝命诗①

只看到你就义时的上海龙华

一摊发黑的血

从 26 岁的你的身上流出

你，再也看不见

苍老的故乡和心爱的亲人

看不见革命的胜利和未来的孩子

你抛下这一切

只为历史的堰上

开满勃勃的生命之花

---

①．该诗写道："慷慨登车去，相期一节全。残躯何足惜，大敌正当前。"

我不知道你去了哪里

你在干裂的时代

静默地汲取大地的乳汁

你成长为一株小小的火苗

成长为工农武装暴动的烈焰

成长为闪电中的锋利的笔

直直地刺向天空的黑

像毒瘤一样的黑

你成长为呐喊的痛

在生的另一面　　　　　　　　我不知道你去了哪里

展示语言的青春　　　　　　　你其实还在原来的地方

展示暴动的城墙　　　　　　　你穿着原来的衣裳

你让历史的扉页　　　　　　　迈着原来的步子

铭记一个倔强的名字　　　　　说着原来的语言

像一阵风，将红色的大旗　　　驮着原来的忧伤

插上精神的最高处　　　　　　你还在原来的房子守护

　　　　　　　　　　　　　　一个庄重的时刻

　　　　　　　　　　　　　　你还在原来的方向

　　　　　　　　　　　　　　唱起一支失传的民谣

　　　　　　　　　　　　　　你还在原来的地方

　　　　　　　　　　　　　　把平安与爱送给回家的人

　　　　　　　　　　　　　　你还在原来的地方

　　　　　　　　　　　　　　为疲惫的马匹准备青草和水

　　　　　　　　　　　　　　你还在原来的地方

　　　　　　　　　　　　　　把月光送给摸黑走路的老母亲

如果硬要问你去了哪里

我宁愿说你去了远方

去了没有距离的地方

一种叫奉献的地方，牺牲的地方

也就是你灵魂安息的地方

那里有一片葡萄园，有红衣女子

在收割露珠，芳香四溢

她收割露珠

不是为了饮用，而是一种情怀

一种信仰，或者说一种从未有过的

对美好生活的想象

像爱情一样热烈

我不知道你去了哪里

只知道在后人恒久的怀念里

你的微笑更清晰，你的目光更坚定

第二节

夹钟：何叔衡

让我怎样呼喊你，"肃贪部长"！

时间的谷物，怀孕的土地，最初的胚芽

从冬天的故事长出

在春天里的油菜地开花

时间，无穷无尽

重复着领袖的一句话

"叔翁办事，可当大局"

从清末秀才到无产阶级战士的魂

每一步都是那么细腻，真实，充分

只因那汩汩流动的

是你珍藏于心的莹洁世界

是你渴望看到苏区大地上

孤寂的白雪，渴望漫天白雪

最终融化成血红的波浪般原野

你伫立在原野之上

一把把刺刀杀死腐败

在战壕里潜伏的你

烧焦的阵地埋伏着残忍

疲惫，孤独，无声

硝烟尽头，谁的哭声，那么冷

像冰块，从泥泞的血到僵硬的铁

你用枪膛的余温

盘活生命，盘活那双

原本执笔书写的手

你蘸满沉重的苦难和反抗的战火

写下红色政权的苍天雄文

让我怎样呼喊你，"苏区包公"！

古筝和钻石之上

一匹马踏浪而来，马蹄声声

穿过廉洁的河流

那是一匹金属的马

信仰的马，树叶的马

田野和丘陵的马

你带着神秘的预言

冲过封建王朝

冲向红旗飘过的山头

冲向真理的号角

和永不改变的喧响的隧道　　　　让我怎样呼喊你，红色根据地"首任大法官"！

那匹马奔腾太久　　　　　　　　冲锋号惊醒了你的梦

汗淋淋地从你的窗口　　　　　　照明弹照亮阵地，像一片海洋

疾过，蔚蓝的身影　　　　　　　你的阴影统统阵亡

比你想象的还要壮实和强大　　　没有任何犹豫，你就站在那里

　　　　　　　　　　　　　　　像安详的母亲

　　　　　　　　　　　　　　　呼唤村口的孩子回家

　　　　　　　　　　　　　　　你求索，历经万难

　　　　　　　　　　　　　　　突然，炮弹张开一个钝角

　　　　　　　　　　　　　　　凝固的瞳孔

　　　　　　　　　　　　　　　定格你用 59 年捍卫的信仰

　　　　　　　　　　　　　　　夕阳暗淡，这不是梦魇

　　　　　　　　　　　　　　　这是你对未来的期待

　　　　　　　　　　　　　　　这是炊烟对硝烟的诀别与叮嘱

让我怎样呼喊你，"何青天"！

1935 年 2 月 24 日

长汀突围，狙击枪正在点名

强攻就要开始

稍等，你的小腿还在抽筋

战友们劝你一同转移

你微微低眸，凝视自己

孱弱的身躯，你摇了摇头

最后的时刻到了

前面是悬崖，后面是追兵

你纵身一跃

身后响起阵阵枪响，撕裂了长空

撕碎了敌人的梦

历史的眼睛湿润了

你就这样走了

带着微笑，带着遗憾

你松开紧握的未曾完成的使命

身后的原野

比任何时候更加辽阔

今天，泪雨纷纷的清明节

我站在节日的中心

站在春天的肃穆里

看见每一棵青草都在深深感动

都散发阳光的味道和泥土的芬芳

第三节

姑洗：毛泽覃

毛泽东的好兄弟

毛泽民的好兄弟

井冈山会师的重要联络人

红色之火在你的心中

一经点燃，就不断地燃烧

直到生命的尽头

一朵花把芬芳交给另一朵花

石块把它的钻石和砂砾的意志

磨成刀片，锋利的刀片

将黑沉沉的天空划开

让花朵迎接黎明的洗礼　　　　红军独立师师长

迎接春天自由的开放　　　　　　闽赣军区司令员

你怀着心中涌动的素雅和质朴的红

灼热的红，揉皱了

从海洋奔腾而来的一片蔚蓝

你辗转万里

历经风雨和豺狼的嚎叫

收集一寸一寸光明的花瓣

你不曾有过一丝动摇

手里紧握着罗盘和搏动的金属

所经之处，青天升起了紫霞

1935 年 4 月 26 日

这么突然的一天

在森林和泥泞的烟雾中

在倾圮的道路边沿

在战马嘶哑的风口

你疲倦又坚硬的面庞上，嵌着

星子般明亮的黑珍珠

从杂乱无章的季节上

留下了灵魂的气息

谁在不安的拂晓中

注视着泛白的东方？

29 岁，仅仅 29 岁

多美的生命啊，你试图撕开

每天踩踏的大地与污泥

撕开带血的铁丝网以及它邪恶的外衣

一声绵长的"珍重"

船影在脑海中摇曳

古老的音节，发红的江水

被枪声击沉

红林山愤怒地颤抖

石块和语言坚定不变

你独自冲上高地，不顾一切

朝战友高喊"撤退"

而一只突然翻动的手

像炸起的乌云，从高空坠下

宣告突围的成功

封锁，突围，沉默的人

忍受无穷的死亡

那些石头一样的花瓣

成为永恒的紫玫瑰

就是这样，子弹

无情地射穿了你的胸膛

穿过了血液里的黏土

那里，珍藏着你的红星奖章

在粗粝的围墙背面

在内心的最高处

你把生命的荣光交给战友们

一如一朵花把芬芳交给春天

回响的叮咛

在你耳边依稀辨认

你留在白鹅洲码头朝向远方的血液

这充盈着静寂的圣洁的容器里

一朵花芬芳了整个大地

持续开放的众多的花

一朵连着一朵，好似你的兄弟姐妹

漫天的芬芳足以将石头的生命唤醒

第四节

仲吕：刘志丹

是离去的时候了

1936 年 4 月 14 日

黑夜，主宰着一切

在晋西北中阳县三交镇

你 33 岁的眼神

仍然饱含巨大的深情

击中西北革命军事委员会主席的

罪恶的子弹被一起埋入

粗粝的黄土，地层深处

响起毒蛇的诅咒

黎明的哭泣和北风的怒号

那一年，梨花开了

在你灵魂的土地上

一朵朵，一片片，像欲望一样

开放，那么短促而灿烂

鸟儿啄瞎的葡萄

流出晶莹的泪光

燃烧的梨花铺满了整个大地

数十年后，我还能感受你离开的气息

触碰的瞬间，梨花

依然像羽翼一样柔软

一滴血，也许是两滴血

朝向黑暗，朝向啼春的枝丫

冰雪般消融，无声挽留那片天空

纯洁就像春天饱满的蔚蓝

啊，瓦砾的沟壑，烧焦的土地
你无法躲避的责任
让雁阵飞过深秋
让夜归者回到温暖的房屋
你沸腾的心在盐碱地里煎熬
黑暗中的地母犹如一名水手
你站在一艘搁浅的船骸前
从浪尖到浪尖，你不断地
打捞风暴和闪电
是谁用嘶哑的带血的喉咙唱出了
山丹丹花开红艳艳？
黄土高坡上的信天游，在午后
在宁静的风中不断地舞蹈
直到烧红了半边天

泥土尽头闪烁耀眼的光芒
我听见风雨在屋外交谈，即便
闭上眼睛也能看见指纹上的灼伤
在神秘的纵横里撞击雷鸣
爱情岂能轻微如水？
没有血液的语言出版大片苍白
仿佛刚刚发表的嘴唇上的呢喃

多少次，我在树梢上寻觅你的目光
徐徐归来的是认识你的
鸟儿和风，包括雨水和彩虹
这就是你的命运
你渴望拥抱祖国的荣光
渴望在滚烫的高土地上升腾
周围的一切潜伏着灾难
一声声深沉的呼喊
像一阵阵沉重的敲门
每一支枪里都装满清醒的子弹

是离去的时候了

被铭记的人啊！

梨花落尽，泥地的中央野草疯长

我伫立在怀念的时刻

伫立在行人断魂的你的碑前

凝望你，凝望你，凝望你

我请风先走

让风吹过你高贵的额头

我请光先走

让光照耀你不眠的故乡

我请雨先走

让雨清洗你永不褪色的伟大荣光

悲切！寒夜的一缕忠魂

坚硬如月光，洒满山冈

你领唱的时候

你的灵悄然开花，而你的魂

痛苦地张开古老的年轮

那么轻盈，如夜幕中低飞的蜻蜓

你的丹心，绵延着巍峨的太行山

那里，寒星升起，黑鸟迁徙

春天的嫩芽从残雪覆盖的

窑洞的门庭

慢慢长成触手般伸展的森林

第五节

蕤宾：毛泽民

我要送你一顶王冠

一顶属于江河

属于山丘和森林的王冠

一顶属于理想

属于信仰和正义的王冠　　　　　　党的好儿子，毛泽东的好兄弟

有人比你更加高大　　　　　　　　厄运不请自来

像山冈上磅礴的日出　　　　　　　牢房外，豺狼张牙舞爪

有人比你更加纯洁　　　　　　　　勇士用微笑抚摸冰冷的铁窗

像池塘里开放的莲花　　　　　　　地狱的门打开

有人比你更加执着　　　　　　　　青面獠牙的风

像松树紧紧地扣入大地　　　　　　一阵阵扑来

他们有属于他们的王冠　　　　　　没有迷惘，高贵的灵魂

包括对火焰的赞美，人民的热爱　　在烈火中冶炼

而你的这顶王冠　　　　　　　　　没有绝望，奋飞的翅膀

沾满着泥土的气息和厚厚的乡音　　仍然闪烁金属的光芒

沾满着百灵鸟的歌唱　　　　　　　你唯一牵挂的是圣洁的天山

以及共和国的黎明　　　　　　　　还有未竟的虽然凶险但高于

那辉映长空的奔腾不息的火焰　　　任何一座大山的壮丽事业

祖国啊，我以诗人的名义

献上这一顶王冠

是你，让阴影的高墙急速后退

是你，让行军的欲望

从长征及其之后走得更远

你给了我们

希望的种子和生命的所在

你奉献的每一块大洋

每一粒粮食都

饱含人民的恩情和对党的忠诚

正是这一切

让理智的人眼眶湿润

在这个时刻

我要向你献诗，我要为你颂歌

为了责任和大局

为了解放的天空和大地

你尖锐，韧性，浑厚，低沉

像不眠的铜号

坚定地执行舵手的指令

从小到大，你像山丘上的红木棉

即便是一个杯子，一顶蚊帐

一只用旧了的水壶

也凝结着指纹的温暖

包容你无限的深情

你挑过兄长求学的行囊

探过苏区经济建设最深的河床

长征路上，你的兄长

带着红军乌蒙磅礴走泥丸

你是岛屿上的灯光

是帐篷中的孤寂

是皮革里的汗珠

那时，你像爱情一样单纯

热情的双臂

总是搂着前进的方向

向前，向着新中国的黎明

敲碎敌人的一再封锁

将革命的红旗

插到最崇高的地方

你创造了一个个从无到有的奇迹

当你穿过街道，乡村，田野

没有人把你认出，你总是

深入人民中间，如一滴水融入大海

人民把你当成了他们中的一员

就像骨头和血液，种子和泥土

像绵绵不断的一个整体

散发迷人的大地的气息

你来自韶山

来自贫苦而泥泞的世界

像勤劳而又木讷的祖辈

虔诚地对待稻田一样

你把用脚丈量过的地方

全部耕种成共产主义美好的模样

无论你走到哪里

哪里就会变成红军的补给站

变成苏区的风，变成响亮的号子

变成红色翻腾的革命的海洋

当干渴和饥饿来临

你就是粮食和水果

你能把痛苦毁灭

你让奇迹创造更多的奇迹

没有人看见你戴王冠的模样

没有人，包括我，看着你走过时

踏上荒凉的地毯

你一挥手，历史的缝隙

风吹草低见牛羊

面对左手活着、右手死亡的选择

你也许不知道光明即将来临

不知道光明就在你的身后

但你相信光明

就像鱼儿相信海洋

就像小草相信春天

你的回答响彻云霄——

"我不放弃共产主义立场"

那一刻，大漠风沙掩埋了罪恶

但掩埋不了幽暗深处涌动的光芒

当你再次出现

所有的河流都停止了呜咽

所有的钟声都在鸣响

人民的赞美，发自肺腑

动人，圣洁，纯粹

我在你倒下的地方见证一种延续

这是伟大祖国不屈的脉搏

它容下了你的生命

也容下了你的死亡

在念想深深的祖国

在祖国厚厚的故土

在太阳升起的最亮的光芒里

你获得了永生

你的胸前佩戴着

铭刻人民利益的至高无上的奖牌

这，就是一个诗人

要送给你的最崇高的王冠

第六节

林钟：张思德①

我在一千次呼唤中

守护同一种真诚

我的每一次呼唤

都怀着同一种尊敬

我把这种真诚和尊敬

是献给一个人：张思德

在漫天黄沙中

我见过草地上的一千支野百合

真实得就像是一千个孩子

瞪着张思德一样的眼睛

怀着同样的执着，同样的快乐

同样的原子的品格

同样的真诚与尊敬

他们知道如何回首过往的历史

在大地举起火红的音乐

在晚霞散尽，在天空将黑未黑的时候

---

①. 鸣谢：本诗写作参考了：《张思德的故事》，中国社会出版社 2006 年 9 月出版；《张思德：长征前后鲜为人知的故事》一文，载于 2016 年 6 月 24 日出版的《解放军报》。

六合场，大巴山深处
群山环抱
1915 年的阳春三月农历三月初六
你诞生在一个贫穷的佃农家
家中粒米无存
母亲拖着虚弱的身子
抱起你走家串户
讨来半把米、一把谷
然后捣碎熬成糊糊
你艰难地活下来
乡亲们叫你"谷娃子"
你从小就练出烧炭的好本领
那时，大地坚实，圆轮
遗忘的钥匙，转动着
把时间轧断
门关在重重的夜里
黑与白，成为不可接近的世界

红军来了，你的父亲张行品
在红军攻取仪陇时
给红军带路，打探敌情
运送弹药物资
六合场解放，你与父亲
回到了家乡
父亲被选为村苏维埃主席
18 岁的你，担任村里少先队长
从此，你的命运
与共和国的命运联系在一起
赤水河有如一个沉甸甸的稻穗的梦
人民、羊群与麦垛
那么密集地堆积，你把自己交付
一如谷底的尘粒被交付给山风

红军长征

爬雪山，过草地

由于缺医少药，许多战友病倒了

你原本魁梧的身体

也一天天消瘦

但你坚持为伤病员背枪

在泥水没踝的荒草滩上

深一脚浅一脚行走

你的笑脸，从水泥的地里冒出来

怀着悲悯的固执，不断升腾

犹如秋天萌发的湿漉漉的雾团

那些以钢的名义

抒情的人群与马匹

那些以铁的意志点火的早晨或黄昏

那些带着暗黄色希望

那些波浪般飞过头顶的鸽群

所有这一切

包括一条条革命的小径

你和战友们由此走出了

乱草覆盖的绝境和危机四伏的沼泽地①

---

①. 长征途中的一天，通信营一排的战士小李不幸陷入泥沼，拼命向上挣扎，眼角淌着泪："救救我，快救救我呀！"有战士伸手去拉，险些被陷进去。眼看泥沼从小李的大腿没到胸部，张思德着急地对班长杜泽洲说："我有办法，我趴在泥沼上，你踩在我身上，拉小李的左手，另外两人也像咱们一样拉他的右手。"张思德说完，毫不犹豫地趴在泥沼上。杜泽洲不忍心踩，立在那儿没动。"班长，快上呀，否则他会没命的！"看着张思德急切的目光，杜泽洲抬起了脚……就这样，小李得救了，张思德笑成泥人。

时间陷入无穷无尽的河流

长征最痛苦的年份

你尝遍茫茫草地的野草

从苜蓿到蓖麻，生与死的体验

像微温的火，默默

朝向草原更青更深处的生存

一名战士采了一些类似野萝卜的植物

你怕它有毒，抢先尝了尝

很快，你脸色发青

呕吐，浑身无力

"不能吃，这植物有毒！"

醒来后，你看着战友

噙着泪、端着瓷缸

蹲在你的跟前

你苍白地笑了笑

送去暖光色的平静和兄弟般的安慰

1940 年春天，你被分配到警卫营

担任通讯班长

没有交通工具，连雨衣都没有

鸡刚叫过头遍

营长交给你一封信

"这是一封很重要的信，你马上送到南泥湾，

明天天黑之前务必带着收条回来！"

从延安北桥儿沟到南泥湾

有 90 多里地

你一路攀山，爬坡

抄小道，走泥路

没走多远，脚上的草鞋磨烂了

路上满是石头满是荆棘

脚趾被石头碰破

脚面也被荆棘划出一道道血口

你跑到一棵老桦树下剥下树皮

找来马莲草搓成绳子

绑在两只脚上

缓慢的时间在心中的田野发芽

你沿着布满绿色的苔痕

沿着思想的高尚

沿着精神的洁净

沿着扎入泥土不断挺进的根

沿着山谷里流淌鲜红的印记

你出色地完成了任务

那天清晨，下起了毛毛雨

地里的活儿干不成

队长和你商量后

决定组织突击队

进山赶挖新炭窑

你带着 8 个战士

到了庙河沟的山林

分散在三个不同的地方挖窑

你和战友们像一滴滴墨汁

渗入时间的河流

那一年的秋天

你让延安受伤了

雨越下越大

战士小白见你疲惫不堪

劝你歇一会儿

"革命需要炭，多出一窑，

就多做一份贡献 !"

你头都不抬，像往常一样

继续挖，忘记所有的星星

忘记所有的黑夜与白天

中午时分，眼看炭窑就要挖成了

你拿着小镢头开始修整窑面

突然，窑顶上"啪啪"掉下碎土

"快出去，有危险 !"

你大喊一声

一把将小白推出窑口

"轰隆"一声

两米多厚的窑顶坍塌下来

将你直接沉到

硫黄气体腐蚀的窑底

没有任何攀爬的生命的阶梯

一种黑色的绝望

击穿窑洞的心脏

你被埋进土里

献出 29 岁的生命

那不再生长的火焰

徐徐写上你的名字

随后，你的故事被无数人

蘸着春天的雨水书写

像鹅毛，一点一滴

渗入大地，悄然无声

战友们伤心欲绝的悲痛

盖住你压碎的脸，泪水滑落

琼浆般流淌在寒冷的大地上

烧炭的窑洞早已沉寂

那些为功名挣扎

为利欲熏心的人不再活着了

而你在燃烧中永生

这正是我尊敬你的理由

无论世道如何变化

你仍然在橄榄树的荫蔽中

倾听大海涨潮的咆哮

张思德，平凡而伟大的战士

你牺牲后的第三天

延安各界举行隆重的追悼大会

一代伟人毛泽东

迈着沉重的步履走上台

发表了著名的《为人民服务》[①]

中华人民共和国的缔造者

眼望昆仑，大手一挥

那带着湘潭地方口音的

演讲至今响彻在中国的上空[②]

张思德的死比泰山还重

如此掷地有声！

我一千次地默念

一千次情不自禁地感动

---

① . 毛泽东主席指出："我们这个队伍完全是为着解放人民的，是彻底地为人民的利益工作的。张思德同志就是我们这个队伍中的一个同志。"

② . 毛泽东主席说："人总是要死的，但死的意义有不同……为人民利益而死，就比泰山还重……张思德同志是为人民利益而死的，他的死是比泰山还要重的。"

你庄严的历史

纯真的脸孔，坚毅的表情

你眼里的光芒永远

闪烁着铁硝的自豪

你用肃静的黎明

撞响青铜的钟声

你用齿轮的坚强

刻录大地的忠诚

你蔚蓝的眸子

闪耀黄土高坡的红色精神

你以自己的生命

使灵的磨损重新丰满

你以自己的热血

使心的空虚重新充盈

你以自己的青春

使信仰的丧失得以回归

你以自己的祭献

使黄土高坡上的人民的语言，重获新生

第七节

南吕：冼星海

我无法从钢琴的音符上

摘下一朵玫瑰

无法从黄河汹涌的波涛中

掬起一捧泪水

但我可以用笔抒写一段文字

一种称之为诗歌的文字

放在大地的烤箱上

像受难的母亲

接受新生儿的注目与祝福

视线所及，墙角爬满苔藓

记忆蔓延。你的荣耀越过墙头

那里葳蕤一片

人类曙光的崇高堤防

被你高高筑起

灵魂的住所啊

革命出发和冲锋的起点

在这里，你放飞音符

让饱满的玉米在黄河的豁口

升起又落下

仿佛红色的電子飞流直下

一段古老的旋律

从激情澎湃的胸口

涌出，那么烫，那么热烈

却又是那么平静和安详

一如咯血的祈祷

铺在被战火蹂躏的大地上

古老的血开始发黑

你的心在剧烈地颤抖

关于你，我无法勾勒出

清晰的轮廓

但我知道你是诗人

是指挥家，是火的兄长

是儿子、父亲和丈夫

是一捧井水足以滋润的不死的灵魂

从贫苦船工的子弟

到满腔激情的战士

从手握箫管的稚子

到音乐圣殿的雄狮

南洋，西欧，延安，风尘仆仆

渔船，簧管，乐谱，热泪盈盈

风在最危险的时刻刮起

音符摇曳，江河激荡

所有的情感随着你的手势

怒吼，跳跃，呐喊，奔腾

致敬！黄河！

你热忱的信仰，飞扬的才华

在古老的大地上

掀起阵阵愤怒的旋风

一个音符连接一朵浪花

连接你的胸怀、忧郁和波涛汹涌的人生

祖国命悬一线

人民水深火热

你义无反顾，带着刀和剑

带着盐和血，带着崇高的使命

奔赴延安，奔赴红色的革命圣地

用青春的呐喊奏出生命的交响

风在吼！马在叫！

黄河在咆哮！

在咆哮！在战火中咆哮！

在濒临死亡的挣扎中咆哮！

战鼓的合唱！黄河的悲歌

刀与刀的厮杀

火与火的较量

电与电的碰撞

这是怎样的震撼

这是怎样的磅礴

这是怎样的风暴、电火与雷鸣！

在你的眼里，每一个音符

都是血液的舞蹈

在你的额头，每一个音符

都迸出不屈的钢铁的斗志

在你的心里，每一个音符

都激起不甘于奴役的嘶喊的力量

犹如时间冲击钻石

犹如钻石冲击下垂的天空

犹如天空包围了灾难深重的黄河

犹如黄河在厉雷的责难和闪电的鞭击中

撕开血淋淋的麻木的表情

掀起巨狮般怒吼，掀起惊天巨浪

无数的人握紧拳头，看着你

无数的人满嘴泥浆，跟着你

无数的人泪流满面，呼喊你

无数的人跪在风雨中

历史记下了这一刻

你赭色有力的音符，雨点般

扑向伤痕累累的祖国

扑向祖国的四面八方

天地之间，激荡着火焰的拳头

激荡着不可抑制的暴动的愤怒

激荡着四万万同胞

向苦难的命运开战

向躲在森林后面

散发腐烂气味的黑暗的酵母开战

谁这时沉默，就永远沉默

谁这时倒下，就永远不要

以人的模样站起来，痛哭流涕

一种从未有过的力量在集合

冲击着河流古老的秩序

地表的中心产生强大的地震

有如刀刃的锐利穿过铁蹄

穿过铁丝网，穿过烽火连三月

穿过校园，穿过工厂，穿过大街

穿过黑压压的村口

穿过高粱地和大片荒芜的农田

直到穿过所有还在搏动的心脏

站在你合唱的后面，怒视苍天

你跟人民的眸子融在一起

成为同一种颜色，成为子弹的呼啸

你的血管上，镌刻着

火热的赤诚和革命的坚毅

像暴雨前的海鸥

以决绝的方式，冲向刀削般矗立的悬崖

所有的逝去都在一瞬之间

比如朝露，比如激流，比如晚霞

比如离别、音乐的念想和季节交错的黄昏

40岁，不惑之年

你定格在英雄族谱的一角

那一刻，恰如一场雪崩

震颤大地，发出经久不息的轰鸣

山河呜咽，红旗低垂

你长眠在人民心中

在离祖国最近的那片热土

在你永远爱不够的黄河泥泞的故园里

从此音符凝固，山高水远

故乡与异乡遥遥相望

风在吼！马在叫！　　　诗与酒，大地与远方

黄河在咆哮！　　　　　都保有你从不下降的体温

你站在风暴的中心　　　英雄辈出的共和国历史

以燃尽生命的代价　　　永远写有你重生的辉煌

吹响抗战的号角

激励四万万不甘沉沦的

中国人，捍卫每一寸国土

祖国啊，如果需要

请拿我的血去灌溉每一寸黑色的土地

如果需要，请拿我的手去捍卫

每一棵黑土地上生长的高粱

如果需要，请拿我的头颅

去祭祀每一棵倒在风暴中的水稻！

第八节

夷则：罗炳辉

一声枪响，天地劈成两半

你的手高高地举起红色的旗帜

你托起一团燃烧的火焰

你，枪杆般笔直的庄稼汉

额头缠着红旗的一角

目光坚毅，气吞边陲

以夸父追日的勇气飞过黄河

拉响掩埋在地平线尽头的黑夜的炸弹

是你，把石块垒上石块

让泥土牵挂着父老

是你，把煤层堆上煤层

也布满钻石般的柔情

是你，把火烧上黄金

而枷锁的上面还颤动着

大滴大滴鲜红的血

是你，把埋葬在地下发黑的奴隶

拉出来，扶上地面

让他们返回到自由的空气和阳光雨露中

让成片成片的小草

拥有春天里等待已久的卑微的尊严

风在血液里复活，一颗心

挡得住一颗呼啸的子弹

你曾用一把镰刀

割下一片原野

让暴乱归于宁静

九月的天空

留下你原初的期许

物归其位　　　　　　　　满脸堆砌着硫黄和硝烟

人归其所　　　　　　　　一场场残酷的战争

现世安稳　　　　　　　　就是一场场生命的祭祀

你参加反袁护国战争　　　一场场残酷的战争

参加东征战争，参加北伐战争　就是一次次追求真理的艰难的过程

你冲在烽火连绵的前沿　　一场场残酷的战争

　　　　　　　　　　　　就是一次次崇高生命的意义的探寻

　　　　　　　　　　　　一场场残酷的战争

　　　　　　　　　　　　就是一次次理想与信仰的闪光的确认①

　　　　　　　　　　　　谁能忘记从泥土里挖出

　　　　　　　　　　　　穷人残留的硬面包，是你

　　　　　　　　　　　　谁能忘记将奴隶的衣服晾晒

　　　　　　　　　　　　在洒满阳光的窗户上，是你

　　　　　　　　　　　　谁能忘记在自由的风里倾听两片落叶的交谈

　　　　　　　　　　　　倾听大地的苦难和人民的泪水，还是你

---

①."戎马三十载，将军滇之雄。"陈毅元帅的挥毫道出了他对出生入死的战友罗炳辉的敬重。"革命到底死而后已，精神不死万古长存。"总司令朱德的题词彰显了革命大义和罗炳辉丘陵般不屈精神的全部价值。

自你入伍，血管里的巨轮

夜以继日，碾过暮色的波纹

喉咙里装着燎原的火种

心脏插满旗帜，星罗棋布

呈现祖国旷莽无边的大好河山

远山隔着孤独

丹漆杂糅着水草

你用黎明的鼻孔呼吸

啊，山沟里走出来的铁血英雄

你仿佛从未睡觉

一直在摸索的道路上行走

你打鼾，半张着嘴

吃着皮革、泥巴和无名的杂草

身体的透支，精神的疲劳

布满每一个山口和每一个

下垂的黄昏，像草垛一样

你奉献的爱逼近沉沉的夜空，直到

累倒在最后抵达的征途上

你的生命种出秋天金黄的水稻

你的手指，从林林莽莽的暮色中

伸出，有如闪电

指向精神高地的虚无

你的赤诚伴随飘舞的旌旗和呐喊

昼夜不息，揿亮路边的灯光

你脑门上，涌出的血

掺杂在鼓与矛的雷鸣声中

而那一双被真理鼓舞的脚

仍然横跨在长长的马背上

颠簸，穿过沼泽与沟渠

在大山矗立的雪峰戛然终止

从农奴到战士

这是你拥有的身份

从战士到将军

这是你一生的距离

曾经的夜，像原野一样漫长

一盏马灯挂在漏雨的墙头

静静地倾听

伟大灵魂的近距离的交谈

你的手指，从玫瑰中抽芽

在时间无边的颗粒中

变成春天的模样

像我的希望，展示抒情的蓝

一只鸟凝望我，一动不动

我扭过头去，听见一声啼叫

声音苍老，有如挂满绿苔的

树皮，挂在天空的睫毛下

时间过去了，书本打开了

那只有点牵挂的鸟也悄然飞走了

许多年后，夕阳西沉

我站在你的墓前

山冈上的风

穿着青枝绿叶的衣裳

在我面前走来走去

让我看清

落日的辉煌与晚霞的壮丽

因为你，我有了一柄

开启光明的钥匙

日月昭昭，群山朗朗

一点气息就能发出激情的回应

此刻，山清水白，风平浪静

在河的这边，记忆漫延

我以古老的方式结束凭吊

而你，像濯尘之后的

灵魂之鸟，伫立在河的另一端

任历史的水声长出暗香

任书本的暗香长出青草

任时间的青草长出河流的花朵

第九节

无射：杨根思

那时，没有人嗅到

一个老人在河滩打坐的气息

一丛鹅黄出售春天的芬芳

英雄就像大地上的玉米

从无数的平凡的人群中

脱颖而出，枪声和炮火

堆积在你的耳边

你毫无畏惧，接受

强暴有力的死亡的邀请

如冲锋的盐，融入信仰翻滚的大海

向前，向前，向前！

以各种姿势和速度

扩散那看不见的烈性的滋味

好似灵魂的下沉

与肉体的升高各占一半

好似飓风，在冰河封盖的巨大结构里

在龟裂的稻田的缝隙里咆哮

而你，忍受着剧痛，让死亡的利齿

切割你的喉管

血，溅在异乡的大地上

你像烧红的钢，永不退缩

那时，没有人想到

你把根扎在异国他乡

用尽最后的力气

把根扎进血染的泥土

如此深，像一枚锋利的钉子

扎破敌人的血管

扎进敌人致命的心脏

迎来和平的早晨和兄弟般友谊

---

①. 杨根思，江苏省泰兴市人。1950 年 10 月杨根思所在部队奉命参加中国人民志愿军赴朝参战，任某部 3 连连长。1950 年 11 月 29 日，他率领战士们打退了敌人 8 次疯狂进攻。在增援部队未到之前，敌人又发起第 9 次进攻，有 40 多个敌人爬上阵地。已经负伤的杨根思毅然抱起一个 5 公斤的炸药包，拉燃导火索，纵身冲向敌群，与敌同归于尽，时年 28 岁。

那时，没有人料到

一个泥人等待火的铸造

寒风从洞穴里倾进又倒出

雨水、石头和大路

被摇摇欲坠的战壕收买

子弹飞在空中

勾勒出一道道美丽的弧线

你将自己和故乡连在一起

远方的母亲，含泪的微笑

让起伏不停的青山颤抖

火海中，炮声四起

战友一个个倒下

不是一个，不是两个

不是三个或五个

也不是七个八个

而是很多，很多，像风暴后的稻田

鲜活的生命，青春的铜

你不敢去数

战友们的每一次倒下

你撕裂的痛就加重一分

直到成群的痛，乌鸦般飞来

你的整个世界开始坍塌与崩溃

在烧焦的土地上

你把仇恨变成炸弹

你的内心有多痛

炸弹的威力就有多猛烈

你从火焰的中心冲出

敌人的恐怖比嚎叫来得更猛

他们没有料到

你的身体比炮口还硬

你的速度比子弹还快

你的咆哮比雷霆还盛大

那是你，把眼珠握在手里

每一滴血都成为复仇的火焰

那是你，把心脏握在手里

每一次搏动都成为复仇的利剑

那是你，把整个生命握在手里

在黑暗的枪眼处

你按下了黎明的快门

一盏灯在空中升腾

那是你辉煌的时刻

你的眼珠，你的心脏，你的血，你的肉

在升腾的火光中化成漫天的雪

覆盖在异国的红旗上

那时，没有人听到一个声音来自天籁

一块骨石从腐烂处发出新芽

你用正义的大手

高举志愿军不屈的意志

你用自己的肉体

构筑森林般和平的屏障

为了新中国的安宁

为了捍卫国家的尊严

你在生命的原野上

接受粗暴的砍伐

灌注，淘洗，打磨！

直到粉身碎骨

直到大火吞噬

任何敢于进犯的敌人

都会在你的怒火中

变成毫无意义的可耻的烟尘

那时，没有人看到

一只蚂蚁在大水冲走的家园

寻找亲人和粮食

那些沉睡的矿山

那些斧刃之上的沉默的金子

那些埋在时间之下

比死亡还深的高贵的宁静

马匹无法抵达

你的灵魂冲向小高岭

像随风卷起的漫天大火

大片大片的光落下

一层又一层

将祖国的额头擦亮

今天，在平壤牡丹峰的朝中友谊塔

依然浮现你的笑容

你抱着炸弹的从容和坚毅

如尖刀，穿过敌人的防线

一声巨响，你瞬间开放成无数的花瓣

你的灵魂在鲜红的火焰中盛开

你再也看不到祖国的天空

看不到天空的蔚蓝如此辽阔

看不到江南水乡、父母的白发

看不到战友哭泣的面孔

只有带血的花瓣承续春天的气息

传颂英雄的赞歌

传颂你的英勇，你的无畏

传颂冲锋号的嘹亮，你的大义，你的赤子之心

传颂你扎入泥土的根，以及

深深的，像泥土一样厚重的思念

◎ 本乐章主调

反复回荡，凝重，悠长，深沉

西风烈，长空雁叫霜晨月。

霜晨月，马蹄声碎，喇叭声咽。

——毛泽东《忆秦娥·娄山关》

Part.

6

第六乐章

诗人的荣光

第一节

乾：汨罗河畔的孤独

千帆过尽，斜阳被孤独掐去大半
古老而动人，你把忠贞藏进河流
双手高举，让河水吞下你的绝望
你沐浴的阳光至今留有你的体温

我在楚辞里寻找，你伸出手臂
一如藤蔓展示忧伤的风暴

展示闪电和雷鸣
河水已经干涸，你一挥舞
我就成了你的背景

受难的天使，先知的王
在放逐的梦中开启痛苦的回忆
你是诗人，政治家和战士
风中的棕榈为你而歌

我们的手搭成厚厚的山脉
我们的根连在一起
让大地少一修远的道路，少一人
少一沉重的心和少一诗
你停在汨罗河，面对鱼的质问
你像失重的鹰，下沉，下沉
楚国的钥匙丢了，你再也无法找回

孤独一再降临，死亡与复活
最长的夜与最短的黎明，
全世界的水汹涌而来
涛声的离骚有如铁石

这人类之巅的精神铁石
诗歌因你而光芒万丈
端午节，戴孝的悼词无所不在
我和后来者沿着你的蓝光向上求索

第二节
坤：苦难

因你，黑夜长出文质彬彬的满月
因你，白昼铺展血淋淋的面孔
我在母亲流血的子宫里喘息
在燧人氏取火的山洞和孟姜女的
眼泪里喘息
在黄河的浊浪里喘息
在龙的牙齿里喘息
在《敕勒歌》和你的头发里喘息

从板结的思想中匍匐向前的
人，总是艰难地伏着
抓住写有你名字的贫血的家园
抓住后来蘸血写进历史的满江红
代表和平的鸽子在狼烟四起的树上
无枝可栖，从内到外
看不见男人和女人
看不见你和许多年后生下我的
嚼着茅草的头颅

用肩膀哭泣的祖先盘膝坐于冰川
他们以樟树的双手收割黄昏
以有涯的脚印丈量苦难
以泥味的汗臭放牧东西南北
他们以此养育他们的子孙
在墓地察看饥饿而刻着碑文的孩子
重复或超度无穷无尽的岁月

我跟随森林之火，跟随《易经》和司马迁

辗转于你的沿边

辗转于站起或蹲下的丘陵

唯一的太阳告别天空

天空告别云

云告别风

我告别鹤舞千年的夏天

告别地震、洪灾和泛黑的稻田

麦子怀孕的时候，我看见

雨后的你扶着犁耙与大地同在

看见流泪的汨罗河有渔人哀唱九歌

看见阿房宫燃起熊熊大火

看见牧羊的苏武思念故土

看见贞观之治的床前明月

看见有人在秋收起义中弹指一挥间

看见站起来的东方巨人总是那么意味深长

让我感受到光荣的全部重量

在盛放冬天的锅里撒一把汗水

是谁端上一盘赤裸裸的眼泪

像杜甫看见大厦那么欢喜？

是谁捧上一掬虔诚拜下去便不再起来

像成熟的水稻向大地致敬？

没有回答，只听见血液噼噼作响的酒杯里

一轮银子的月亮泊于其间

久久不去，铁证黎明不远

第三节
震：沉思

谁能忘记，一种声音在黎明的树上
叮当作响，骑马的人回来了
大路掀起一层灰尘，时间的碎片
纷纷溃逃，你在千里之外

是承受不同血型的怒火
是群马奔驰的语言和匕首
是监护烈日的谷穗
是咯血的喘息所包围的城

告诉我，谁主宰钟内的世界
有如主宰苍天的手掌
谁分割饮血的明天
谁痛苦地复活仅仅为了一杯
烈酒或一朵花
谁在草上挥霍阳光把大雨泼向
痉挛的雷声
谁予至尊的权力焚书坑儒
谁在伶仃洋被迫走进你的诗行
谁宁愿坐穿牢底而不肯成为叛徒
谁抓住你的长鞭还要攫夺你的心脏
谁从夜不闭户的大同世界走出
就再也没有回归
谁卑微，谁伟大，谁是谁非
谁承认自己发明了
火药、指南针、印刷术和造纸
承认丝绸之路很美地注解了敦煌古壁
注解由你铸成的多灾多难的民族
并且把最后一页空白
留给奔腾不息的大江南北

第四节
巽：历程

这是一种状态，扬起又落下
永远展示寻找的姿势

这是根的精神，固执地延伸
对祖国的热爱如此真实

这是音乐，如火的音乐
流涤所有寂寞的灵魂

这是一片宁静的雪地
一只蝴蝶落在这里

这是一面旗，信仰在高处闪耀
坠落的不再是哲学和宗教

这是旷野，广袤、纯粹的旷野
寒冷在抒情的手臂上凝结

这是没有夜晚的早晨
漫天的灰尘粉饰了历史

这是一粒南方的雪，以潮湿的
声音，宣告风的走向

这是空空的行囊，思考者
在白发苍苍的黄昏下抬起头颅

这是灵魂的微笑
像冬天一样饱满

这是透明的事物，比鲜血更浓
被零下温度铸成硬石

每年都是从爆竹掀开的香雪开始
从握成拳头的手开始
从诞生于土地的汗水之梦开始
从每时每刻的胚芽开始
从你和我开始

像诗歌忠实于理想
像战士忠实于号令
像牛羊忠实于草原
像水忠实于长江
像我忠实于你

爬满荒芜的岁月有种子摇落
有蒲公英跌进贫瘠的犁痕
有枯黄的眼珠寂寞于树梢
有布谷鸟飞过微雨
有晚归人枕锄待旦

为何，马蹄总是敲击我的琴弦
敲击弃你不顾的那块灵石
敲击钟鼓楼和黄肤色田野
敲击九百六十万平方公里
敲击仁人志士的心脏，我的中国

第五节
坎：见证

宁静擦破了黎明的青皮，雷鸣的

植物在水的呼吸中掀动牙齿

嘴唇伸进夜的中心，舔破梦境

记忆被忘却拉成长弓

给我眼睛，从那痛苦的时光表层

给我刀片，从灵魂抖落的枯枝败叶

给我喧嚣和冲动

从月亮掉落的深秋的古井

那一刻，我的合唱就是雷的合唱

我的呼吸就是水的呼吸

我的嘴唇和牙齿划破黎明的青皮

宁静，比最瘦的弓弦还要寂静

然而，夜半三更

一颗无家可归的子弹找到了它

子弹的尖啸使月光消失

啊，无法企及的高处不胜寒

从遥远的伏羲到青铜时代

从指南针到魏晋南北朝

从春江花月夜到无言独上西楼

你静默如一只火鼎

螺旋形通向古代

通向离离原上草

通向莲花开放的旗帜中心

通向先锋的海南和古藤攀越的湘西

醒来的时候，你铁血的骨骼造就了我

位于长城底座的苔痕一点一点返青

找跪在泥土之上，阳光之下

泪流满面

漫长而又漫长的渴望

我的文字如瀑布

从怀孕的树上直扑而下

无法冷却的嘶叫一触即发

英雄，英雄，受苦受难的战争时代

你流出的血渗入大地的根须

从此以往，太阳从你的脊背升起

第六节

离：永恒的微笑

斧头响起，解放的夜
琥珀在东方露出疼痛的美
从百草园到三味书屋
盗火者永远保持挺立的姿势

旗帜的一角拉着最黑暗的黎明
思想的旷野警惕地等待

经过书本，火柴停在床前
人在途中，人上的人
一触成灰。而你的左面
另一个人的右面，其路漫漫

庄严的信号灯从坚硬的红唇处跃起
一系列早晨的龙冲进带血的启示
一旦激动沉默，抉择进入高潮
生命的价值得到了证实

波涛汹涌的夜晚，时间的酒杯
盛满麦穗的呢喃
盛满烽火、马灯和花的声音
你站在天空下凝视滴血的尖刀
凝视晴朗的闪电和金属的哭泣

在乌云与闪电的交界处，刺刀见红
苍白的火炬，用生与死的字母
冷酷地嵌入木的心脏
沉默的信念在河流上闪烁
灵魂的分水岭一如既往地蠕动

祖国的日子，紧紧抓住你
为了五千年历史记住风暴强有力的怒吼
为了长城上的和平鸽露出永恒的微笑
大树以阳光的名义举起拳头
让时间停住，记下崇高的誓言

◎ **本乐章主调**

反复回荡，激昂，悲壮，深沉

这是英雄的祖国
是我生长的地方
在这片古老的土地上
到处都有青春的力量
——乔羽《我的祖国》

Part.7

第七乐章
中流砥柱

第一节

金：洪水中的家园

在拥挤的像锯齿形一样的群山　　　　呼啸而至的洪水
起伏不断的大地上　　　　　　　　　像蛮不讲理的暴徒
厄尔尼诺和拉尼娜　　　　　　　　　追逐着，冲撞着，吞噬着，咆哮着
这两头妖魔　　　　　　　　　　　　世界陷入可怕的黑暗
伸出海啸般卷曲的舌头　　　　　　　巨大的恐惧箭矢般乱飞
念着阴沉的咒语　　　　　　　　　　大街上，人们的鲜血
被热带风暴抛出海面　　　　　　　　连同倒塌的房屋
大气压与高频电　　　　　　　　　　与流出的污水融合一起
猛烈的撞击，使板结的飓风　　　　　到处是喊声和哭声
撕开了湿淋淋的面孔　　　　　　　　洪水，吞没了道路和灯光
古老的积雨云惊慌失措　　　　　　　吞没了民歌和俚语
跑马似的狂奔　　　　　　　　　　　吞没了素面朝天的
失控的雨歇斯底里　　　　　　　　　葡萄园和大片大片成熟的稻田
瀑布般倾倒　　　　　　　　　　　　成群结队的蛇
而此时，独舞之雪　　　　　　　　　从漂浮的老鼠身上爬过
高原上，最后的守望者　　　　　　　凝固的钟声被失散的电流击得粉碎
触动了亘古的　　　　　　　　　　　死亡的柑橘花在剧烈地燃烧
宁静，鼓起了沉重的双翼　　　　　　仿佛草原上点起的篝火
惊心动魄的雪崩掐灭了　　　　　　　而无情的幽灵坐在波浪上
由朗朗太阳点着的燃烧了　　　　　　搜捕每一个羸弱的身影
亿万年之久的灯芯

白发苍苍的母亲死死地

抓住一棵柞树，眼里盛满泪水

那些朝夕相处的

灶膛，发着幽光的锄头

每天擦拭的镰刀、簸箕和老井

那些地窖里的种子，打了补丁的家谱

薄薄的棉被

以及从未用过的红纱巾

那些长膘的猪

本分的牛和淘气的鸡鸭

那些种了花生和大蒜的

穿红挂绿的土地，抽穗的水稻

开花的茄子和辣椒

那些祖传的坛坛罐罐

晒在屋顶的兰花豆，屋檐下的

风铃和熏肉，以及生活中

许多必不可少的细节

刹那间消失了

再也用不着操心了

一个斧头的浪头

劈来，悲恸欲绝的

母亲仍然紧紧地

抓住柞树，像抓住一生中最后的信念

一道命令，犹如一道闪电

从南到北，从东到西

一群群橄榄绿

穿过鲜血浸染的河流

穿过生命的盲点和奔涌的死亡之谷

从浪尖、树杈和屋顶

把一双双打铁的手伸过来

他们挺起山一般的

脊梁和岩石的胸脯

挡住了狂浪发起的阵阵

凶猛的击打

于是，在狂躁的 1998

在披头散发的夏季

在堤坝与河流之间爆发了一场

惊心动魄的生死大战

这些来自老百姓的

一张张朴素的脸

如一只只出山的

猛虎，当仁不让

成为和平年代的保护神

成为英雄赞歌中最强的主音

第二节

木：浪尖上的军旗

这是一群年轻的黄金，用意志

筑起防洪大堤

当闪电把苍劲的骨舌

抛下山岗的时候

他们像石英内部

永不停摆的钟

呼啸着，冲向玫瑰的火焰

冲向房屋和码头

冲向埋有地雷和铁蒺的危险地带

把浪尖上的军旗，插在

生命的最高处

蝗虫般飞来的

虽不是烈性的炸弹

却是比炸弹更为恐怖的

长着獠牙且成群结队的洪水

空中的气流

像带电的刀子

追杀着每一个失散的

手无寸铁的乡亲

他们迎上去

把钢的风格放到铁砧上

锤打成硬铮铮的汉子

他们是船，是灯

是熊熊燃烧的火

是铺垫大坝的基石

是支撑房屋的脊梁

是穿过浪涛的赤胆忠心

无论月黑风高

无论险滩激流

他们与人民始终发出

同一种声音

在没有尽头的像烈焰一样

滚动的灌木林中

一阵悲壮的风

把激越的号角吹响

他们同恶浪搏斗

同洪魔进行殊死较量

船翻了，每一棵树都是目标

树断了，每一片屋顶都是方向

屋顶淹了

每一个漩涡都有高高举起的手

他们紧紧抓住波涛，抓住

乡亲们的胳膊和头发

沉住气，用最后的力量

把亲人推上生命之岸

这样的一面旗矗立在

辽阔的空间

这样的一群人置身于

伟大的风暴

他们愿意为不屈的信念献身

他们像奔驰的种子

涂满了汗水和血液

即使跌落地下

也会以阳光的名义

起誓，继续战斗

继续劈波斩浪

直到流出的血

变成钢筋混凝土

直到流出的血

把军旗染得更红

因为湍急的洪水

仍然保留他们的手臂

保留他们的姿势

保留悲伤的天空和石头的宁静

而守望河岸的

是永不言败的人民的眼睛

在他们心目中
军旗是这样制成的
战斗抒写了全部仪式
最后，所有的人
用最最虔诚的手
像宝石一样镶嵌
使军旗的飘舞
化成红色的火焰

在他们心目中
军旗是这样制成的
先辈们把悲壮的布片
一针针地缝起来
再用刑场上的婚礼
和江姐的忠贞来绣边

洪峰再次来临
从泥水里冲出来的
军旗，猎猎飘舞
惊涛拍岸
一个个岩石般的战士
挺起胸口，向着野马奔腾的
乌云，发出新的冲锋的吼声

在他们心目中
军旗是这样制成的
无数的士兵剪下衬衣的一角
也许是一片天空
用青春和信念染色

在他们心目中
军旗是这样制成的
战士们献出了一切
再在神圣的中心
安上祖国
这颗最高最亮的星星

第三节
水：壮举

每天都有哽咽的声音

从湿淋淋的叶片发出

你来的时候，正赶上黑鸽子风暴

在堤坝上横行

雨追逐着雨

水撕咬着水

你瞪着灯笼般夺目的眼睛

失眠的夜

被埋葬在泥巴结成的

长长的链条，以及

沙哑的啼哭和浓稠得化不开的

厚厚的喧哗里

你投入紧张的抢险战斗

挖泥土，运砂石，扛麻袋

每一处裂缝都被你和战友们

用血肉缝合

每一块荆棘都被你和战友们

用汗水抹平

你的指头有伤

你就握紧手指

你的额头有血

你就捏紧拳头

你的眼睛有火

你就纵情燃烧

时间涂上了沉重的沥青

在沙眼和漩涡里徘徊

大地以它固有的搏动

在辽阔的空间

发出哗啦啦的回响

落叶的夜，巨大的声音和着洪水

狂暴的叫喊，粗粝的喧嚣

与细如藤蔓的寂寞纠缠在一起

一盏马灯在黑夜展开

它薄薄的翅膀埋伏在

你的翅膀下，疲惫的肩胛

磨下了一层带血的肉皮

黎明滑过了

堤坝上湿漉漉的栏杆

而你，无法同布满泥浆的白天握手

那些包容苦难和欢乐

抵挡寒冷和饥饿的房子

那些永不背叛的土地和乡亲们

赖以扎根的家

每一处都有民歌在咆哮

都有泛着黄色的液体带着镰刀收割一切

都有握着咒语的风

在大地的皮肤上撒野

在你挺立的胸脯上

留下深深的指甲痕

你警惕地注视着

像一颗上了膛的子弹，试图消灭

所有的危险

一群水泡从不远的地方

冒出来，带着狰狞的笑

你捕捉了这一瞬

捕捉了诞生壮举的最佳时机

生与死的答卷

在太阳的注视下

郑重地，交到了你的手里

死亡，驾着玻璃车辇

在泡沫四溅的四周游弋

无视岩石的警告

你奋力迎上去

朝着战栗的最后的终点

你喊了一个人的名字

也许是你从未亲昵地

喊过一声的恋人

那么热，从心底最柔的部位发出

带着河水的浑浊和风暴的滋味

你把整碗整碗沉甸甸的爱

像盐一样，溶入

打着漩涡的河流，沸腾的涛声

泛着黄色泡沫急速冲入赤裸裸的水里

像成熟的果实

扑向长着水草的泥土

你沉下去，沉下去，再沉下去

你看见一件殷红如血的衣裳

你看见一头沉默不语的海兽

你看见阴险的湍急的潜流

将记忆拉入

戴着牙套的丛林深处

你挥动雕刻的手

发涩的眼睛

在湍急的河流中寻找

碉堡的炮眼和喷涌的陷阱

刀片般滚动的液体

火山口上的沙眼群

隐蔽在朦胧的文字后

堤坝上传来一声声喊叫

你吞下一口浊浪

吞下内心的全部焦虑

吞下愈来愈响的

像风暴卷起的河流的忧郁

从蟋蟀般迸溅的祈祷中

你尽力冲出水面

感受自由的呼吸

而水下的手紧紧抓住

阳光的走向和宝石的力量

在蚂蚁和蜥蜴的上空，你听见

涛声在逼近，你拒绝换人

再次深入螺旋形的水底

你躲过一次次巨浪的

拍打，躲过蛇的袭击

看见水底海鸟的飞翔

你试图爬行在荒草和荆棘中

而受伤的膝盖

仿佛点上了炽热的火焰

你忍受着一剑封喉的窒息的一切

连绵不断的时间潮水般过去

你终于听到了芦苇的呼救

在河床弯弯的腹股沟上

沙眼群被你叉开的手脚

逮了个正着

　　　　　　　　"向我抛石头！

　　　　　　　　向我抛沙袋！"

　　　　　　　你激动而嘶哑地呼喊

　　　　　　　通过你的语言

　　　　　　　你的意志，你的血

　　　　　　　大地的毛孔肃然张开

　　　　　　　堤坝上，满含热泪的人们

　　　　　　　看见了一棵水中的向日葵

　　　　　　　在太阳毒液的抛洒下挺立着

　　　　　　　接受沙袋和石头的洗礼

　　　　　　　这个受了重伤的穿过防波堤

　　　　　　　久久回荡的嘶哑的呼声

　　　　　　　是英雄王成

　　　　　　　"向我开炮"的吼声的延续

第四节

火：大决战

空气被无形的手拉紧

夜的孤独被跑马一样的

波浪踏得粉碎

溃垸，溃垸，溃垸

一个个坏消息

夹着血腥的风扑来

战士们拼命抵挡

投入人墙，投入卵石

投入钢架和趸船

手脚磨烂了，就用肩膀扛

肩膀受伤了，就用头颅顶

头颅流血了，就用牙齿咬

牙齿脱落了，就用眼睛和心脏堵

每一刻都有透明的声音落入洪水

筑堤，筑堤，筑堤

那铿锵有力的音韵

穿过泥浆，在紧张重叠的节奏中

得到彻底的抒发

人们忘记了这条河

这条比人类血管里流出的血

还要浓稠的充满泥浆的河

它曾诞生过一系列伟大的诗篇

哺育了无数的牛羊，马匹，大豆和高粱

乡亲们在粗犷的竹筏上　　　　　　村庄和城市

放牧爱情　　　　　　　　　　　　被绑在肮脏的河水脚下

喊着快乐的号子　　　　　　　　　堤内两边的便道上

收割生命的喜悦　　　　　　　　　用彩色编织袋

可如今，这条河　　　　　　　　　搭起的临时凉棚排成长龙

像掏空了灵魂的骆驼　　　　　　　无家可归的人

任洪魔恣意摆布　　　　　　　　　床上，摆着全部家当

　　　　　　　　　　　　　　　　一对从水中抢救出来的红枕头

　　　　　　　　　　　　　　　　凉棚之外，簇簇树梢和少许屋顶

　　　　　　　　　　　　　　　　以及，那只被捆住的

　　　　　　　　　　　　　　　　带着粉色光晕的月亮

　　　　　　　　　　　　　　　　停在通往黎明的路口

　　　　　　　　　　　　　　　　发臭的垃圾，腐烂的冬瓜和杂物

　　　　　　　　　　　　　　　　无力地，堆在堤岸上

　　　　　　　　　　　　　　　　像没有牙齿的嘴巴

　　　　　　　　　　　　　　　　打着一阵阵黑色的哈欠

　　　　　　　　　　　　　　　　此时此刻，这条河

　　　　　　　　　　　　　　　　像千疮百孔的筛子

　　　　　　　　　　　　　　　　承载着从未有过的苦难和紧张

雨，在水面哭泣

藤蔓一样的时间再次被淹

一个巨浪砸来

仿佛一口古井锁住了光明

黎明前夕，堤坝集中了全部寂静

而寂静内部

千万只火把在燃烧

洪水瞪着血腥的眼睛

对峙着，浓稠的黑暗

危机四伏，一接触到水

破碎得就像一堆瓦砾

风一刮，粒粒击打勇士的心

第六次洪峰

如期来临，水涨堤长

"加固堤坝，堵住缺口，人在堤在"

将军的手张开，像大地响起的沉重的音节

他紧蹙着眉头，排列荒凉的

山脉的皱纹，像一泄而去的波浪

成片成片的映山红急速闪过

那阵势，使将军仿佛回到了

烽火硝烟的峥嵘岁月

他带领一线指挥官

冲向动荡不息的大堤

将军的每一步，都牵动全局

酷热，肮脏，老鼠和蛇

考验着战士们的斗志

疲惫无孔不入爬上了前额

甚至爬上了汗渍渍的头发

没有谁休息

大家同沙袋站在一起

同血液中的诗歌和加高的子堤

站在一起，成为火焰中的火焰

成为钻石中的钻石

从渡江作战的敢死队

到南京英雄好八连

从塔山狙击战的排头兵

到上甘岭的铁一营

每一名官兵

都像出膛的炮弹，争先恐后

使花冠的荣誉更加夺目

洪水，可以打败他们的身体

却永远打不败他们无畏的精神

洪水可以冲垮疏松的古堤

却永远冲不垮血肉筑就的长城

哪里有渗漏

哪里就有他们筑堤的夯声

哪里有管涌

哪里就有他们堵漏的身影

哪里有溃垸

哪里就有他们舍生忘死的英雄壮举

他们只有一种颜色

那就是黏土的颜色

他们只有一个声音

那就是铁的声音

祖国放心，人在堤在，决不丢脸！

洪水驯服了

再次缓缓地退下去

洪水，毁灭了许多东西

可洪水也教大家

认识了河流的纹理

认识黎明睫毛上的露珠

以及永不改变的真理的本色

第五节

土：英雄挽歌

从最高的静谧处

奔腾的脉搏停止了跳跃

花儿为爱情而死

如同军人为信念献身

他们站在生命的稻田

泛滥的洪水直扑而下

他们被连泥带土

卷入无边无际的黑暗

他们来不及

看一眼最后的战友

来不及向获救的老人和妇女

说一声"再见"

来不及向刈割的家园

掬上一捧热泪

他们就这样牵挂着

带着残缺的遗憾去了

他们是"抗洪英雄"高建成

他化作一块岩石

活在家乡的堤坝上

他坚强而消瘦的妻子

正带着唯一的骨血

在泥泞的路口久久张望

白发苍苍的母亲

一脸沧桑的父亲

以及刚刚学会喊爸爸的孩子

都宁愿相信

亲人在风雨中睡去了

他们是两块刚刚出炉的钢

19 岁的新战士杨德文

和 20 岁的小伙子叶华林

他们的笑容定格

在波涛汹涌的水面上

定格在初恋的情人

和父母最心痛的部位

他们睡去了

可仍然梦着

趴在漂浮的稻草上

挣扎的小女孩

抱着古槐的老大爷

不知姓名的大婶

以及屋顶上大声呼救的父老乡亲

他们是"尖刀班"的老班长

"敢死队"的王小虎

"突击连"的指导员

他们都是农家的后代，水稻的儿子

在运砂石的车上

在打围堰的夯声中

在管涌的皱褶里

在子堤的挡风口

到处回响着他们的影子

他们的身体被洪水冲走了

而朴素的名字

刺穿所有的漩涡和激流矗成的墙壁

被太阳朗照

被河水传颂

被人民记住和怀念

因为他们的到来

泥土变得更加沉重

他们死于激烈的鏖战

在庄严的死亡中死去

在最值得的时候死去

悲壮的洪水展示了死亡的全过程

他们没有一丝胆怯

没有一丝悔恨和悲痛

而灵魂蠕动的最深处

那古老得无法追忆的　　　　　　在到处漂浮的

血已开始发黑　　　　　　　　　被洪水撕碎的时间的残简上

那开始发黑的血　　　　　　　　他们充分领悟了

成为战友们前进的路标　　　　　"死的伟大"的全部含义

他们就是这样　　　　　　　　　没有葬礼，但他们听到了

把最醒目的标记留在人世　　　　堤坝四周粗犷的号子

把军旗的一角　　　　　　　　　没有墓碑，但永不倒下的村庄和河流

缠在受伤的额头上　　　　　　　记下了他们的名字

永不沉沦　　　　　　　　　　　没有悼词，也没有祈祷的十字架

　　　　　　　　　　　　　　　但他们已经感受了沿着

　　　　　　　　　　　　　　　大地上升的"再生"的力量

　　　　　　　　　　　　　　　他们经历了永恒的氛围

　　　　　　　　　　　　　　　同祖国的荣誉

　　　　　　　　　　　　　　　人民的利益连在一起

　　　　　　　　　　　　　　　他们并不孤独

　　　　　　　　　　　　　　　他们早已与复苏的田园

　　　　　　　　　　　　　　　浮出泥土的阳光

　　　　　　　　　　　　　　　静静的山谷，以及

　　　　　　　　　　　　　　　永远唱不完的民谣融为一体

而今，他们躺在

一个看不见的地方

在另一个战场

在浊浪滔天的走廊

他们散发着泥味、汗味和水稻味

那无法回归的血

随河流奔腾

在草丛中，在堤坝上

在乡亲们的视线内

他们的血像火焰

被洪水稀释，被大地吸纳

成为丘陵上的红木棉

而今，海兽再也无法

伤害他们，他们躺下来

睡成战斗的姿势

一只手撑开

像要努力抓住波涛

另一只手，垫着乱蓬蓬的头颅

像一艘船，继续航行

而今，死亡彻底解放了他们

时间，像山谷中

袅袅升起的白雾

使他们于疲惫的睡眠中

仍然飘出怀乡的忧郁

◎ 本乐章主调

反复回荡，凝重，悠长，深沉

祖国
伟大的祖国呵
在你忍受灾难的怀抱里
我所分得的微小的屈辱
和微小的悲痛
也是永世难忘的
——胡风《时间开始了》

Part.8

第八乐章

2008：回家，回家！

第一节

宫：暴雪肆虐的南方①

如此突然

一场蓄谋已久的灾难

在越来越浓的年关

在河水般涌动的车流的中心

在连接城市和乡村的

脐带处，幽灵般降下来

纷纷扬扬的雪片

成群结队，在风的唆使下

傲慢，固执，暴戾

冰冻的利爪伸向四方

凶狠地，掐住大地的咽喉

切断电网、道路和光的动脉

南方冻僵了

一如受伤的故乡门前

那尊沉默不语的石头的狮子

---

①. 2008 年 1 月，正是春节临近的时候，中国南方遭遇了历史罕见的大范围冰冻雨雪灾害，京广大动脉一度中断。2008 年从 1 月 10 日至 2 月底，暴风雪导致 129 人因灾死亡，166 万人紧急转移安置，直接经济损失超过 1500 亿元。此次大雪冰冻灾害范围之广，时间之长，危害之重，可列入世界上重大典型的"极端性气候事件"。

南方，遭受冰雪的重创
媒体上频频跳动的文字
带着寒意，击打
每一个人的目光
沉重的车票
散乱的目光
难耐的等待
回家，回家，回家！
无语的年货，火辣辣的鞭炮
遥远而又近在咫尺的春节
甚至，连故土之上
那些像水稻一样古老的词汇
都仓促间冰冻了
冰冻成脆弱的杯子
冰冻成时间遗忘的模样
南方的声音喑哑了
南方的手脚冻裂了
南方的记忆撕碎了

记忆深处的南方
是雪花无法飘到的地方
是冬天的遮阳帽和街上的风景
一直热情和生动的地方
是湿润的小雨、诗歌和梦中的笑声
总是停放在温暖的地方
可谁能想到
一群呼天抢地的叛逆的雪狼
披头散发，将百年不遇的饥饿
凝结成最后的暴动的力量
叫嚣着，气急败坏地扑来
一座又一座
质朴的房屋倒塌了
一棵又一棵
坚守的大树断裂了
一个又一个
美丽的心愿骨折了

此刻，成千上万的旅途中的

人群，比飘浮在拥挤的

车站之上的人浪更可怕

从广州到韶关，从韶关到郴州

从郴州到衡阳，从衡阳到长沙

从长沙到岳阳、武汉

以及更为遥远的北方

京广交通大动脉上的高速公路

被冰雪切割成一截又一截

切割成一段又一段，一片又一片

切割成破烂不堪的铁冷的衣裳

车流蠕动，断断续续，梗阻，封闭

长长的巨龙在困境中冲撞

在孤独中挣扎

气喘吁吁，筋疲力尽，直至瘫痪

空间的窄小，食品的短缺

夹缝中的无助

黑夜比白天更长

比能够忍受的极限更长

不安和恐惧结成厚厚的冰刀

死亡闪着磷光

带着匿名的阴影悄然窜出

"回家，回家！

我什么都不要，只要回家！"

短短的归途

简单而又朴素的愿望

竟然变得如此瘦长，如此惆怅

出来一年了

辛苦一年了

没有更多的想法

只想回去看一看

一年没有见到的体弱的孩子

只想回去看一看

一年没有见过的多病的双亲

只想回去看一看门前那棵

被闪电灼伤的苦楝树

以及水井和村子的模样

并且喝上一碗酽酽的米酒

可是，那些诞生过

欢乐和眼泪的憧憬　　　　　　　就这样，千回百转

被疯狂的寒风摘走了　　　　　　就这样，割舍不断

"请告诉我，我的手要伸向何方　南方的伤，触痛了中国的心脏

才能握着你的温暖　　　　　　　触痛了中南海敏感的神经

握住回家的沉甸甸的希望？"　　触痛了全球华人整夜不熄的橘黄色灯光

第二节
角：女站长

当强硬的铁铲

防滑链和金属的手指

与高速公路上顽固的肠梗阻

进行紧张对决的时候

南方一个小站

像填满了火药的闷罐车

空气快要凝固了

年轻的女站长

头发凌乱，面容憔悴

但她的手势像钻石一样坚定

她来回奔波，陀螺般旋转

在属于自己职责和充盈着静寂的

最高的容器里

她将芳香的心捧出来

热腾腾的像花蕾

一次次危机

消弭于她的美丽和坚强

多少年了

铁道布满温馨的记忆

比雨水更多的

是南方少女的温柔和缠绵

比爱情更浓的

她没有时间让她的嘴停止

她没有时间让她的手歇息

她没有时间让她的胃填满

强暴有力的疲惫

虚脱和死亡的阴影

一而再地邀请她

她愤怒地推开穷途末路的寒风

来到铁的边缘

来到空气的峡谷和旅客的中心

将回家的信念

铺上一段段无语的钢轨

她的韧劲好似海浪里

看不见的盐，扩散着一种

令人心碎的力量

　"让寒冷在寒冷的抵抗中退却，

　让死亡在死亡的抵抗中死去！"

这种果决和忠诚

好像梦中的婚礼的宣誓

是南方少女的羞涩和多情

然而，一场冰雪改变了一切

风雪中的女站长

比烈火还要粗犷

她的喉咙嘶哑了

她的眼睛红肿了

爱美的她

连续四天没有洗脸，刷牙，梳头

她把全部的时间

交给了车站和车站里黑压压的人群

无论熟悉还是陌生

看见她，汹涌的疼

就会止也止不住地冒上来

淹没了唇边仅存的

一丝恼恨，一份气恼，一种绝望

窗外，那纷飞的雪又能怎样？

难道你想用这凄美的舞蹈

把乐观的世界疯狂地包裹吗？

是谁昧着良心

抛下一串串死亡名单

收取想要得到的黑夜的贿赂？

是谁利令智昏

推销一份份生命保险

企图扼杀如期而来的生动的春天？

告诉你，你们的阴谋已经破产

看看年轻的女站长吧

看看站台上和车站内

蜂拥而来，像城墙一样

站立的旅人，他们手拉手　　　　　　冰雪很盛大

神色如此明朗和坦然　　　　　　　　但再大的冰雪

每一个人，都真切感受到　　　　　　也无法将一颗颗滚烫的心冰冻

分享艰难的荣光　　　　　　　　　　望着一辆又一辆

感受到冰雪下面的力量　　　　　　　缓缓驶离的列车

感受到黏土和古老得发黑的热泪　　　女站长挥手的姿势

　　　　　　　　　　　　　　　　　久久地凝固在低垂的天空下

　　　　　　　　　　　　　　　　　好长一段时间

　　　　　　　　　　　　　　　　　一封白发苍苍的家书

　　　　　　　　　　　　　　　　　停放在含香的枕头上

　　　　　　　　　　　　　　　　　柔情蜜意，像风干的矢车菊

　　　　　　　　　　　　　　　　　催她回去与心爱的人完婚

第三节

羽：春天的献辞

年复一年，在春节迫近的
鞭炮、米酒和城市街道
在公共汽车的售票厅
在火车站广场
在一页又一页的乡村黄昏
经历了长时间的积攒
经历了孤独和辛劳之后
节日的氛围越来越厚
钟声、酒杯和笑声
摇晃，人们欢乐地相聚一起
像百读不厌的书静静地打开
而现在，这样的时刻
被冰雪阻断

浏阳农民王小生
最深刻地感受到这种阻隔
以及由此带来的焦急和苦痛
他的媳妇分娩在即
面容苍白，大汗淋淋
而进城的道路被冰雪封锁
被白色的老虎封锁
他依稀感到没有闪电
却分明有什么东西
将天空撕开了一道伤口
他的身体消失了
只留下灵魂
在媳妇和医院之间游荡
他无助的双手
深入到大地最能繁殖的部位
握住一滴血
在即将滴落到农药的宁静之前
花朵掐断另一朵花
石头击打另一块石头
他绞杀另一个他

生命的困境！
无线电波将冰冻的城市触痛了
自告奋勇的出租车司机
载上了王小生和他的媳妇
一位交警闻讯后
驾车前来开路
路面太滑。当行驶到一个
下坡路段，车子像急疯了的
盲者，失去控制
一头撞上了路边的护栏
交警的手臂被刮开了一道
深深的口子，鲜血直流
他顾不上包扎伤口
赶紧搭乘另一辆
从附近事故现场开过来的巡逻车
他恶狠狠地命令自己：
"必须带领身后的出租车
抢在小生命降生之前
安全地赶到医院！"

凌晨3点，几天没有合眼的
主治医师和几个护士
早早而焦急地等在医院的门口
城市陷入断电的黑暗
而他们接到了春天的通知
以特殊的方式
擎起一盏生命之灯
王小生抓住了救命的"红十字"
无助，紧张，悲哀，绝望
一层，一层，鱼鳞般剥落

好险啦，主治医生抹去一摊污血
他的伙伴们也长长地舒了一口气
小生命提前来到人间
他丝毫不知道
眼前发生的一切
他用洪亮的啼哭
宣告他的健康和骄傲
也将王小生心头覆盖的冰雪
彻底解了冻

那一刻，王小生仿佛
收到了春天的录取书
从梦的芦苇里
看见一朵花，鲜艳地
开放在自家的阳台上
一股巨大的暖流
模糊了他的视线
远处，有一种声音在喊叫——
　"纵使你的手不是握在我的手中
纵使妻子的手不是握在丈夫的手中
纵使我的血液不是在你的脉管里流动
风雪中，我们与你在一起！"

王小生至今不知道

那位的哥和交警的大名

电视镜头前

他的喉结急剧滚动

久久地说不出一句话

憋了半天

只掏出一个深深的鞠躬

和两行粗糙的感激的热泪

王小生给孩子取了个名

叫作"王再生"

他用这种质朴的方式

铭记全家的"再生之恩"

铭记风雪之夜

无法忘却的一生的感动

而这一份感动

不过是南方冰雪报告中的

一个情节，一个缩影

因为，每一个生命都是大写的

王小生为自己的家庭

增添了一个儿子

他更为这个绝无仅有的春天

献上了一份精彩的颂辞

第四节

徵：伞兵遗言①

妈妈！别责怪我们在冒险

我们再也等不及了

翅膀早已打开

尽管看不到任何东西

但看得见军人的血性

军人的刚毅，军人的誓言

在祖国最最需要的时候

在人民最最企盼的时候

我们飞翔的愿望

就像一团熊熊的火焰

妈妈！别责怪我们在冒险

一千米的高空

曾是我们训练的极限

五千米的高空

没有任何国家的伞兵

能够获得生命保险

可突如其来的惊天大灾

把父老乡亲

推向了黑暗的深渊

成千上万的人被瓦砾活埋

与死神搏斗

在撕裂的肉体、骨头和发黑的血液里

不敢入眠

---

①. 2008 年 5 月 12 日，四川汶川发生了举世震惊的特大地震，震中烈度高达 11 度，是中华人民共和国成立以来影响最大的一次地震。2008 年 5 月 14 日 11 时 24 分，一架大型运输机从成都某军用机场起飞，飞向此次地震重灾区四川茂县。担负此次重任的是空降兵特种大队的 100 名官兵，他们肩负通信联络、灾情勘察、情况上报等重任。为了快速抵达封闭多日的地震中心，在 5000 米的高空上，英勇无畏的伞兵们写完一封封遗书后，毅然决然地跳出机舱……

妈妈！别责怪我们在冒险

像闪电一样划破蓝天

纵使粉身碎骨

我也要触摸废墟的底线

把封闭的区域打开

把真实的灾情呈现

让青春的翅翼

抒写军人的庄严

妈妈！别责怪我们在冒险

"哪里有危险，

那里就有我们！"

这是铁的誓言

我们是尖刀

就要用锋利的速度

把死神劈开

让生命的通道

连接到每一座倒塌的房门前

妈妈！别责怪我们在冒险

我们是一群年轻的黄金

如果四周漆黑

我们就化作闪电，将一束强光

照亮掩埋在钢筋水泥下的双眼

如果暴雨成灾

我们就以阳光的名义

让每一个角落印上生命的尊严

妈妈！别责怪我们在冒险

如果跳下去不再回来

请不要悲伤

相信我们的飞翔

将给祖国带去更多的希望

那曾经热爱的诗歌

向往的校园和大地的心跳

紧密相连

那从未经历的爱情

故乡的芬芳与忠诚的身影

埋进青山

那一次次温馨的记忆

军营的欢笑，发烫的心愿

和没有尽到的孝心连在一起

连成长长的河流

连成丘陵上的红木棉

让每一个日子春暖花开

妈妈！别责怪我们在冒险

机舱就要打开

快快擦去你的泪水

当你读完这封信的时候

你可以把它看成遗言

如果我壮烈牺牲

我便在天堂为你祈愿

如果我有幸活着

我仍然会保持飞翔的姿态

等待新的生死考验

第五节

商：奔跑的一年

2008，撕开第一页

天灾人祸的文字

逼入眼眶，痛得你喘不过气来

首先是扑天而来的南方大雪

接着是目瞪口呆的汶川地震

然后是瞎了眼的水灾

断了腿的泥石流

蛮不讲理的手足口病

横行霸道的霍乱疫情

抱头鼠窜的矿难

丧心病狂的三鹿奶粉

以及，惨不忍睹的一场场车祸

防不胜防，一波又一波

历史在这里凝固，岁月从你的胸脯　　　争先恐后赶来

风雨而来风雨而去　　　　　　　　　　你生而复死，死又复生

2008，改革开放 30 年　　　　　　　　太阳从眉间落下去，你忍住悲伤

2008，刻骨铭心的一年　　　　　　　　让坚强成为另一枚太阳

2008，最悲痛也是最欢喜的一年　　　　把每一个角落都照亮

2008，跌宕起伏的一年

每一次灾难降临，都是猝不及防

当所有的关心都变得那么无助

当所有的焦急都变得那么徒然

当所有的神经都变得那么脆弱

当所有的牵挂都哽咽在电话的忙音中

总有一种力量让人感动得泪流满面

看吧，人民子弟兵横空而出

武警部队和消防官兵像暗夜中的火光

总是在第一时间出现

"我是一个兵，来自老百姓"

他们上刀山，他们奔火海

他们不顾一切

向前，向前，向前

冲锋，冲锋，冲锋

他们忘记自己是血肉之躯

他们疲惫地倒下来

在废墟上，在泥浆里，在雪水中

在每一个得以喘息的瞬间

他们横七竖八，睡得像一个孩子

让每一个奋战在一线的黎民百姓

像螺钉，把不屈的心紧紧地拧在一起

2008，一个又一个声音在呐喊

日子一个个萎缩，又一次次张扬

回家的欲望如此强烈

所有的困难，随寂寞与喧嚣

化为风，化为雨，化为植物和尘土

孕育坚韧的你，孕育打不败的你

这片故土，是血色的故土

是硬汉的故土

是炉火熊熊的故土

你抡起铁锤，抡起有着五千年历史的

沉甸甸的铁锤，奋力锻打

这柄铁锤不仅可以锻打刀剑

也可以锻打柔情，锻打历史

锻打今天和未来

锻打血的凝集，锻打火的团结

锻打铁的骨头、钢的性格、铜的尊严

锻打永不放弃的意志

锻打永不褪色的民族之魂

2008，金融危机席卷全球

也深刻影响着中国经济

尽管早有察觉，尽管未雨绸缪

但地球村就是一个大家庭

牵一发而动全身，一损俱损

中国，焉能独善其身

看吧，阳光以古老的热情　　　　　　像大家希望看到的那样

穿过奔腾的海啸　　　　　　　　　　你坚固如城

你站在旷野任雷电厉声朗诵　　　　　远方的草地张开绝望的眼睛

天空龟缩成苔藓　　　　　　　　　　你把扁担斜靠墙壁

云爪四起　　　　　　　　　　　　　大地的葡萄

大地的葡萄把泥土覆盖　　　　　　　踏着长城的肩膀爬上了天空

被苦难浸泡的葡萄　　　　　　　　　当造山运动如期而来

在火的伤口上生长　　　　　　　　　鸟放飞着鸟

　　　　　　　　　　　　　　　　　鹰追逐着鹰

　　　　　　　　　　　　　　　　　松树寻找着松树

　　　　　　　　　　　　　　　　　雷电撞击着雷电

　　　　　　　　　　　　　　　　　诗歌讴歌着诗歌

　　　　　　　　　　　　　　　　　我等待着另一个我

　　　　　　　　　　　　　　　　　等待温暖的石头

　　　　　　　　　　　　　　　　　等待没有署名的果实

　　　　　　　　　　　　　　　　　秋天搂在泥土的怀中，散发着阵阵苦艾味

　　　　　　　　　　　　　　　　　我看见一张张面孔

　　　　　　　　　　　　　　　　　丰富而清晰，噙满热泪

　　　　　　　　　　　　　　　　　像花瓣从枝头落下，回家的路

　　　　　　　　　　　　　　　　　布满甜酒空的气味和久旱的水分

2008，也有激动人心的时刻

8月8日：奥运北京

绝无仅有的开幕式

震撼全球的倒计时

历史的巨卷缓缓铺开

那么悠长的画卷

在夸父逐日之后

李宁伸展手臂，点燃了圣火

北京时间，北京奥运，北京人民

一个阿富汗女子

从死亡的威胁中跑到了北京

这是体育精神的胜利

是世界和平的快乐见证

"百年奥运，百年梦想"

一朝成真，在经历了那么多痛苦之后

奥运终于来到了中国人民的家里

当一次又一次国旗升起

当一次又一次《义勇军进行曲》响彻鸟巢

当 51 金牌、100 枚奖牌的辉煌成绩雄居榜首

古老的睡狮终于醒了

"东亚病夫"发出了强有力的怒吼

2008，回家，回家！

9月25日，寂寞的太空

迎来了中国的神七飞天

鲜艳的五星红旗

在难以想象的最高的地方

最亮的地方，最神奇的地方

久久飘扬

那一刻，中国哭了

每个人在加班的路上边哭边跑

快乐得像草原上的羊群

不管熟悉还是陌生

奔在风中，紧紧地抱在一起

2008，回家，回家！

海的对岸，一千多万炎黄子孙

一千多万双眼睛望着彼此

12 月 15 日，经过 30 年的协商

两岸终于实现了"三通"

掀开了中华民族浓墨重彩的一页

大家忘情地欢呼

风在奔跑，雨在奔跑，雪在奔跑

雷在奔跑，电在奔跑，虹在奔跑

霜在奔跑，霞在奔跑，云在奔跑

水在奔跑，冰在奔跑，雾在奔跑

露在奔跑，日在奔跑，月在奔跑

星在奔跑，辰在奔跑，灯在奔跑

井在奔跑，土在奔跑，泪在奔跑

你在奔跑，我在奔跑，他在奔跑

亲爱的兄弟，快快停下

回家的路途都通了

亲爱的姐妹，快快停下

故乡的门窗都开了

亲爱的同胞，快快停下

中国的天空都亮了

2008，回家的路那么近，又那么远

在金属的熠光里，道路在奔跑

我看见远祖的图腾在大地跳跃

在圣洁的名词和黄钟间挥舞

我不会忘记这悲喜交加的一年

我不会忘记这梦想成真的一年

2008，一个梦消融一片古老的忧郁

2008，一个梦迎来一个辉煌的崛起

◎ 本乐章主调

反复回荡，庄重，悠扬，深沉

我们从古以来，就有埋头苦干的人，
有拼命硬干的人，有为民请命的人，
有舍身求法的人……
这就是中国的脊梁。
——鲁迅《中国人失掉自信力了吗》

Part.

9

第九乐章

最美中国风

第一节

琵琶：雷锋

我很早就听过关于你的故事

一个将虚荣掐死在墙壁的人

一个唱着山歌打靶归来的人

一个每天将被子

叠成自己心愿的人

你在异乡开车

却把异乡当成故乡

车轮压碎你的生命

也压痛了战友的安宁

你倒下的地方

是一排排迎着阳光开放的向日葵

我迷恋那个时候

那个在村口看花从不问路的时候

那个在山上砍柴放肆捉蛇的时候

那个在茂密的文字间

寻找温暖的时候

那个在木犁翻转的

田垄和水牛的喘息中

看见果实的时候

那个只要抬头就可以看见

蓝天白云的笑脸的时候

那个鹰隼飞得高高

却听不见声音落下的时候

那个捧一把溪水

就能把脸洗得干干净净的时候

那个模仿你写着日记

也把被子叠得

整整齐齐的时候

你的家乡没有海

但有一条江叫湘江

那里布满大大小小的房屋

但没有一间属于你

你看到的江水

比波涛更纯粹

向北方延伸

而明亮的鸟

带着迷人的姿势飞过头顶

没有留下阴影

像你的心

也没有留下多情的雨滴

家乡留给你的记忆

就浓缩在这条朦胧的湘江里

你甚至来不及

去看一眼两岸居住的

房子里的主人

你要把羡慕和爱送给他们

你把他们当成亲人

把表达温暖的真诚的祝福送给他们

许多人忘记了

你的原名，雷正兴

你是"上无片瓦、下无插针之地"的农家子弟

是长沙望城安庆乡简家塘村的孤儿

是平凡和单纯得像雷公草一样的"乡里伢子"

长夜漫漫

贪玩的光，忘却了前行的路

你踏上一条小路，那里野草丛生

黑暗中，有人握住了你的手

因为这双手

你看清了夜行的光

你注视风云变幻的天空

倾听沉默土地上呼啸的风

你在潮湿发霉的地方

找到一片晴朗

你不会在冻伤的空房里徘徊

你不会成为命运的弃儿

你不会躲在没有标识的路边哭泣

你的花园

不是为了某一朵特殊的花开放

你的海涛不是为了咆哮而随风起舞

你的鲜血不是为了挥洒而酽得发红

你的纯洁不是为了坠落而不停地闪光

你要透过彷徨和泥泞

从太阳的光照中

找到一条回家的路

你沿着手的纹理

抵达灵魂安息的地方

那里的每一朵雏菊

都不会被外来的手指所玷污

你一步一步走到光的中心

你将短暂的生命

打造成一支红红的蜡烛

你燃烧青春

把人类动人的语言

翻译成和风细雨

你要卸下每个笑容

并将它留给寒冬过后的

大地的春天

大家记住了你的名字

雷锋，一个努力行善

乐观向上的好人

你把野鸽从森林般生长的

手指里解放出来

通过成批成批种子的萌芽

你玛瑙般的名字

在华夏大地，在大江南北

得以确认和传颂

打从记事起，我就知道
有一位从未谋面的亲人
他戴着高高的帽子
穿着军装，拿着带刺刀的枪
满面笑容地看着我
让我在黑暗的夜里行走
不再害怕
让我放心地走遍天涯海角
不知为什么
大伙都叫你叔叔
可我觉得你分明就是
我失散多年的兄弟啊
那么年轻，那么阳光，那么英俊
一直活在我的视野里
你没有悲壮的细节让我感动
就像每天的衣食住行
日常渗入的水滴润物无声
虽然平淡，却那么饱满
让黎明睫毛上的露珠
更加透明，开花，滚落
滋润大路边每一棵
向上生长的小草

你像空中飘向大地的一颗尘土
因为驮着使命
一直倔强地不肯停驻
你的身体因为奉献而丰满
你的额前是几只鸽子在谈情说爱
你寻觅自己
就是寻觅深沉的爱
你是泥巴
等着一双陶匠的手
你的双膝，你的腰肢
是我们缺少的重要部分
像干渴的洼谷分裂出来
成为河流的形状
成为夏季的风暴
我们唯有一起，才能完整无缺
结成生命的缘
而那双手，持续温暖有力
带你找到了光的来处
找到色彩的主题

然后，我们看见了

在玉米开花的穗上

你用鸟的速度完成了飞翔

夜空划过去了

你的河流在闪耀

朝着最后的光芒，朝着

被你奉献的蜡烛的深远燃尽

直到剥露你洁净的精神

在堆砌着红霞的湘江

在祖国辽阔的天地间

散发绵绵不断的纯粹的水草的香味

在时间的陌塬上

你是时间的轴

在河流的脊背里

你是河流的根

在岁月逝去之后

你是一颗不死的心

你顶着自己的灵

在风雨中前行

你指着夜空说事

让我看见曙色

你指着善意说事

让我看见美好

你指着露珠说事

让我看见天涯

因为你，三月的雨

从不缺席对大地的义举

我有生命的九重天

但没有任何一层高过你

在金木水火土五行中

没有一行相克于你

你站在屋子前

你就成为田园的一部分

你站在黑夜前

你就成为光明的一部分

你站在季节前

你就成为秋天的一部分

你站在痛苦前

你就成为快乐的一部分

你站在暴雨前

你就成为闪电的一部分

你站在困难前

你就成为欢笑的一部分

你站在原野前

你就成为岑寂的一部分

你站在挫折前

你就成为力量的一部分

你站在九天之外

见识了更高的雪

你站在五行之中

感受了更沉的爱

你站在哪里

哪里就有最好的时间

你站在哪里

哪里就有最美的风景

第二节

箜篌：焦裕禄[①]

山东淄博的农家子弟

从小逃过荒

给地主放过牛

还被日本鬼子

抓到东北挖过煤

做了人民公仆以后

始终保持人民的本色

农民身上有多少土

你身上就有多少土

农民身上有多少泥

你身上就有多少泥

农民身上有多少汗

你身上就有多少汗

从解放前的一名长工

到解放后的县委书记

这种身份的转变

一直烙刻在你的心瓣膜上

你的感激伴随黄土飞尘

是前进的动力

你的忠诚跟随青山绿水

是激情的源泉

---

①. 鸣谢：本诗写作参考了穆青、冯健、周原《县委书记的榜样——焦裕禄》一文，载于1966年2月7日出版的《人民日报》。

1962 年冬天
中国陷入大面积饥饿①
正是这样紧张的关口
正是你的不惑之年
你调任兰考，你深深懂得
这是组织对你的信任
风雪交加的路的尽头
你焦急的心
把漆黑的夜望穿了
把黎明望穿了
望成一道色彩斑斓的崭新的风景
你请求天昏地暗停步
请求漫天黄沙安息
你盼望背井离乡的
父老乡亲守在田地里
用汗水浇灌美丽的家园
用辛勤劳作筑起
属于自己幸福生活的栅栏

你带着满腔的热情来了
带着沉重的责任来了
在你面前
兰考大地是苦难的象征
横贯全境的两条黄河故道
像无可救药的哮喘病患者
一眼望不到边的黄沙
阻隔着兰考的血管
无处不在的内涝的
洼窝，像饥饿的胃
结起一层层青色的冰凌
白茫茫的盐碱地上
一丛丛蓬头垢面的
枯草像无助的灾民
在催债般的寒风中瑟瑟发抖
你的心痛了，肝也痛了
这里有着 36 万多勤劳的父老乡亲啊
有着烈士们流着血
解放出来的 90 多万亩土地啊
你紧紧地握住拳头向天发誓
再重的担子
你也要扛起来
再大的困境你也要
杀出一条血路来

---

①. 1962 年的兰考县，内涝、风沙、盐碱频频作恶，疯狂施虐。春天卷天的风沙毁坏了 20 万亩满怀希望的麦田。秋天突发的洪涝淹没了 30 万亩静待收割的庄稼，盐碱地上 10 万亩的禾苗被苦涩的泪水活熬死。兰考全县的粮食产量下降到了历年的最低水平。

翌日一早，你就下乡

到灾情最重的地方去

到兰考最痛心的地方去

你深入到农民过冬的草屋里

到空荡荡的饲养棚里

到消瘦不堪的田间地头

从一个村到另一个村

从一个大队到另一个大队

你一路走，一路看

一路想，一路问，一路谈

你指着沙丘说

"栽上树，岂不是成了一片好绿林！"

你指着涝洼窝说

"这里可以栽苇、种蒲、养鱼。"

你指着碱地说

"治住它，把一片白变成一片青！"

你还来到兰考车站

当时北风怒号，大雪纷飞

寒风冲天的屋檐下，长长的冰柱

打在墙壁上

一群满脸泥土的农民，穿着国家

救济字号的棉衣

蜷曲在空旷的铁皮车上

拥挤在冰冷而浑浊的候车室里

你感到震惊

更感到羞耻和痛心

"干部不领，水牛掉井"

你有了一本关于兰考

真实状况的沉甸甸的账①

那时，飞起的尘土把天空撕裂

流着汗液的马

冒着雨，蹚着水，溅着泥

在茫茫无边的荒野里狂奔

是谁，将头撞在

给春天祝寿的树枝上？

是谁用黑色的鬃毛、

闪电、碎石和雨水一同搏击？

---

①. 经过汗水的大量、苦难的打磨，经过实地考察与艰难调研，焦裕禄在县委大会上胸有成竹地说："兰考是个大有作为的地方，问题是要干，要革命。兰考是灾区，穷，困难多，但灾区有个好处，它能锻炼人的革命意志，培养人的革命品格。革命者要在困难面前逞英雄。"

面对兰考发展的三大拦路虎

你的眼里放出一只鸽子

一种稍纵即逝的

美，如此热情的雨水

你说若是杨柳便不问归途

插在哪里

就活在哪里，根深叶茂

你说若是泡桐，便不论他日

只顾抓紧时间　　　　　　　你从黄河故道开始

长成祖国需要的样子　　　　越过县界、省界

这就是你　　　　　　　　　一直追到沙落尘埃的中心

永不停歇的前进的动力　　　触摸水入河道的边界

　　　　　　　　　　　　　你变成满身泥水的"脱坯人"

风沙最大的时候　　　　　　站在齐腰深的水里吃着干粮

你去查风口，探流沙　　　　在疲惫的夜晚

暴雨最大的时候　　　　　　蹲在泥水涌动的地方歇息

你冒雨涉水观看洪水的　　　你看到触目惊心的一幕

流势和地质的变化　　　　　到处都是水

为了弄清一个大风口　　　　水的墙壁，水的眼泪，水的皱纹

这个兰考的动脉　　　　　　连水中的牛都在喘息

为了弄清主干河道的前世今生　成片的野草和死亡的

你忍住病痛　　　　　　　　麦子在水中倒伏

不辞劳苦，跟着调查队　　　每一滴雨同沉重的潮湿

追寻风沙的踪迹和洪水的走向　同滴水的夜晚连在一起

　　　　　　　　　　　　　化成野蛮的风暴，发出

　　　　　　　　　　　　　令人心碎的哀鸣

没有春天的期待

没有夏日的晴朗

有的只是恶劣的气候

黄色沙尘的狂澜

与无数的死亡的异常气味一起

任马蹄飞溅的泥浆覆盖全身

你的披风，你的鞍鞯，你的马匹

纠结成阴沉的痛苦

主宰兰考光秃秃的森林

主宰荒野里可怜的马匹

和硫黄般灼热的盐碱的脊背

直到河水漫过大堤

直到青色的冰凌

在寒风中发出清脆的响声　　　　送走了风沙滚滚的春天

你用双手细数洪涝淹没的　　　　送走了炎热滔天的夏季

废弃的残骸。寒风席卷而来　　　　你和调查队

只剩下蜷缩的枯草在战栗　　　　在风里，雨里

黑夜与黎明轮流值班　　　　在沙窝里，激流里

守住你额头上苍白的月色　　　　度过了一个月又一个月

不断地劳作与交谈　　　　跋涉了五千余里

走访与调研　　　　终于抓到了兰考"三害"的第一手资料①

紧紧裹挟你双肩耷拉下来的　　　　你像战地指挥官

焦虑与疲惫　　　　把前线的每一个细节都了如指掌

①. 兰考县共有大小风口 84 个，焦裕禄一个个查清，编了号，绘了图。全县有大小沙丘 1600 个，他也一个个丈量，编了号，绘了图。全县的千河万流，淤塞的河渠，阻水的路基、涵闸，他都调查得清清楚楚，绘成了详细的排涝泄洪图。

深入生活就是工作

你要了解兰考的贫困户

下乡的那一天

正是风雪铺天盖地的时候

尖厉的哨音在耳边响起

路上积雪很厚，你迎着风雪

火车头帽子像火苗一样忽闪

你的肝痛发作了痛得厉害

你就用一支钢笔

死死地顶着肝部

这一次风雪

你走访了 9 个村子

拜会了几十户

生活困难的老贫农

在破败的梁孙庄

你走进一个低矮的柴门

这里住着一对无依无靠的老人

老大爷躺在病床上

老大娘是个盲人

你一进屋拉着老人的手

坐在床头，老大爷问你是谁

你说："我是您的儿子。"

老人问大雪天来干啥

你说："毛主席叫我来看望您老人家。"

老大娘感动得

不知说什么才好

老大爷老泪纵横，捂着胸口说

"解放前，大雪封门，地主来逼租，

撵得我串人家的房檐，住人家的牛屋。"

你安慰老人说

"如今印把子抓在咱手里，

兰考受灾受穷的面貌一定能够改过来。"

你的泪同老人的泪流在了一起

日子一天天过去

病魔一天天偷袭你

河水在晨风中滚滚向前

突然回流

为什么兰考的铃铛到处响起？

为什么大块大块的石头都在叹息？①

你去世的那天

兰考的山弯下腰来

像向大地致敬的麦穗

兰考的盐碱地长出一片新绿

你像一只白鹤，飞在兰考的头上

飞在兰考的胸脯前

你用自己的魂，自己的灵

自己的肉身和一切

宣告你的感恩

宣告你的大爱，你的忠诚

---

①．焦裕禄临终遗言："我们是灾区，我死了，不要多花钱。我死后只有一个请求，请求组织上把我运回兰考，埋在沙堆上，活着我没有治好沙丘，死了也要看着你们把沙丘治好！"

此刻，你躺在兰考母亲的怀抱中

在星星宽大的长袍里歌唱

你心中的爱是那样深厚

饮尽了大地所有的芬芳

你与同事们一起跳舞

跟父老乡亲一起喝茶

你无所顾虑地，开心地笑着

黎明张开双臂

阳光浇在你的头上

你摘下兰考的花朵

嗅出春天的气息

黄河故道发出了咆哮

它将冰雪融化，洗刷你

风尘仆仆的身躯

你的双手打开两片宽阔的原野

你的嘴在贫穷的大地发出鸣叫

你的心向苦难发出死亡的邀请

你不畏病魔，不顾生死

当兰考迎来曙光

你留下遗嘱

把自己的躯体葬在兰考厚厚的

黄沙和盐碱地之中

你将自己的热血，青春，汗水，智慧

化成一抹淡绿

种在兰考最高的山冈上

像一名战士向着太阳

那是你每天出发的方向

那是闪耀在永不停息的

祖国命运里的荣光啊

第三节

编钟：铁人王进喜[①]

此刻，在长沙二月的冷雨中

我清晰地读着星辰，草叶，贝壳

读着灰蒙蒙的半明半暗的天空

读着街道两旁的

小吃店及其不断升起的香味

读着那含着泪珠的梦幻

读着那令人反胃的

从板结的夜里发出的一阵阵酸味

读着一些不出名的经典

读着大喊大叫的海洋

读着水手身上

留下的风暴的抓痕

读着那些自命不凡

而顾影自怜的冷雨

这样读着，我不再

害怕黑色，却害怕骨头变黑

---

①. 鸣谢：本诗写作参考了《王进喜：新中国石油战线的铁人》一文，载于 1999 年 7 月 6 日出版的《黑龙江日报》。

直到一道闪电

将我的骨头烧得通红

我闯进了你的生命

王进喜，你的名字，你的天地

你钻石般打磨的铁的境界

时与空的齿轮死死咬合

你，苦难中浸泡的人

不信邪的东北汉子

你用血与火的拼劲

推开了中国石油的大门

祖国啊，这一整片

黑沉沉的天空

就是属于你的土地！

属于你的压力你的责任！

这里应该是随处可见的

青草、松柏和花环！

一杯泛着艾叶味的深沉的苦酒

倒进你的肠胃里①

从此，闪电像一只瞎眼的信天翁

在风暴中绝迹

从此，南方的阳光像透明的露珠

坠落又升起

---

①.1959年，王进喜到北京参加群英会，看到大街上的公共汽车，车顶上背个大气包，他奇怪地问："背那家伙干啥？"
人们告诉他："因为没有汽油，烧的煤气。"无奈的语调锥子一样刺痛了他。汽车上沉重的煤气包，像山压着他。
王进喜说："一个人没有血液，心脏就停止跳动。工业没有石油，天上飞的，地上跑的，海上行的，都要瘫痪。"

你身上的血与肉

都是钢的硬度，铁的元素

你的梦想、意志、誓言

和信念与岩石共存①

呈现在你面前的

是许多难以想象的困难

没有公路，车辆不足

吃和住都成问题

但你和同事们下定决心

天大的困难也要克服

钻机到了吊车不够用

几十吨的设备怎么卸？

你带着工人们，用滚杠加撬杠

靠双手和肩膀，奋战三天三夜

8米高、22吨重的井架

迎着寒风矗立于荒原

要开钻了，水管还没有接通

你振臂一呼带领工人

破冰取水，用脸盆、水桶

一盆盆，一桶桶

硬是往井场端了50吨水

仿佛一匹被冰火取代了的

受伤的马驹，你的双手

被残暴的砍伐摧折成一块云杉

那在海岛上凋萎了的玫瑰

任由你铸造的

水光、灼痛和月色加冕

凭着惊人的韧性、顽强的意志和冲天的干劲

你成为中国工业战线

一面火红的旗帜②

---

①. 1960年春，规模空前的中国石油大会战展开，王进喜从西北的玉门油田率领1205钻井队赶到大庆，战天斗地。

②. 王进喜说："宁可少活二十年，拼命也要拿下大油田。"这是他的铮铮誓言，也是他的豪情壮志。王进喜率领1205钻井队打出了大庆第一口油井，创造了年进尺10万米的世界钻井纪录。

是谁认识黑夜

带着假装的死亡

带着可怕的匿名

带着剑、晚礼物和音乐

带着雷霆、暴雨和装着星星的船队

从挂满你灵魂的旗杆的港口出发？

是谁认识黎明

像一名哨兵

在每一个路口张开处女般

单纯的眼睛，并且闪耀？

是谁认识那座小岛

上面驻扎着微风、茅房和土酒

那些日子，你身患重病

也顾不上去医院

从高高的巉岩到簇拥你的双臂

几百斤重的钻杆砸伤了你的腿

喊着号子前进？

你流着血，挂着双拐继续指挥

是谁以真诚的心

有一天，突然出现井喷

以灵异之星的名义说话

情况万分危急

让人不再认识夜

你甩掉拐杖

让人不再相信神灵？

跳进齐腰深的泥浆池

缺氧，压缩，密闭

狰狞而扭曲

怒吼在心海里翻滚

像狼群一样咆哮着

冲过来，切割你的翅膀

撕裂你的腿

麻木的疼痛让身体成了钢板

你嘴唇咬破，张开嘴巴

血渗入水泥，烙在心上

是"坚持"与"挺住"的回响

　"就是死,也要用尸体把这个井喷堵住！"

战士的印记，镀金的勋章

滚烫的玫瑰没来得及为你绽放

冰冷的泥花提前为你打开

在无声的黑暗中

在沉重的泥浆中

肌肤遭受前所未有的入侵

拍击声响亮

声声索命，毫不留情

泥浆企图堵塞你的毛孔

卡住你的脖子

你不屈，你翻滚

你顽强，你挣扎

你坚持用身体当搅拌器

最终，你焦灼地倒下

大口大口喘着气

微风，在寂静的头发间流连

四周安详

你像一座精神的时钟即将停摆

你使出最后的力气

向上，向上，再向上

井喷终于被制服

你用微微扬起的眼睫毛说

　"真累啊,连再见都说不出来了"

战友们的惊愕

变成了大片大片的石头

此时，一根无力的嫩枝

支着你的耳朵

那里有一所庭院

空荡荡的，鸟儿已经飞走

你像一支歌曲

找不到嘴唇吟唱

只好在黑暗中无言徘徊

这一刻，那一瞬

你不用与任何人商量

这一刻将那一瞬残酷抛弃①

---

①. 王进喜积劳成疾，于1970年因胃癌病逝，年仅47岁。

生命短暂

堆砌的黏稠让时间变黑了

发出凄冷的声音

与干涸的河床上

一层一层可怕的沉默连在一起

与无人倾听的石鸽的钟点

与烧掉的笑声和震聋的土地一起

整个世界随着堆砌的黏稠的

时间而变得虚空

你的永恒的太阳

从石油的世界从容地离开

背影成为一幅油画

你的魂如青烟一样缓缓上升

在水蒙蒙的山岭前

那里不再有一丝疼痛

不再有一咎阴影

不再有一个伤口

只有小小的松树下

一口闪闪发光的水井

四周，布满暗香溢人的百合

从春到秋，由东向西

一年又一年，你的精神在中国的

大地上滋养，绵延，生长

第四节

笙镛：钱学森①

你用微笑向巨无霸似的黑夜挑战

向盘绕在美利坚上空的各种阴霾挑战

你遥望故土

看见荒野的露珠在坠落

大片大片的树

肃立着，待你归来

空气流动着

喃喃低语，等你归来

大地的候鸟　　　　　　　　那真是刻骨铭心的过往

漂泊不定，等你归来　　　　你识破美国当局的诡计

等你归来，深夜点起的火光　击碎从高空落下的青皮色的诱惑

像花一样绽放　　　　　　　你绕过绑架，甩掉阴影般

你迈开步子，奔向东方　　　暗杀、监控和跟踪

无论是后退还是向前　　　　于 1955 年 10 月 1 日

你可以不用空气、面包、光亮和春天　正是新中国成立 6 年的日子

但你必须用微笑　　　　　　你带着家人，带着清晨

因为只有你的微笑　　　　　带着激情和发芽的梦想

才能让祖国安心　　　　　　从大洋彼岸回到了魂牵梦绕的祖国

①. 钱学森，是吴越王钱镠第 33 世孙，曾任美国麻省理工学院和加州理工学院教授，闻名世界的科学家，空气动力学家，中国载人航天奠基人，全国政协副主席，"中国科学之父"和"火箭之王"，还有许多没有列出的各类头衔，每一个都金光闪闪，但他最喜欢最中意的还是："中国人民的儿子"。

白天，你面对流水的

桃树在原野上花开花落

夜晚，你面对板结的麦田

在黑黑的故纸堆里沉思

你给大地点起自由的烛光

冲着太阳，挥着拳头喊叫

你给自己披上四季的风暴

你跨上刀枪不入的战马

在荒无人烟的戈壁滩上奔驰

你来到这里

催生荒漠野地上一丛丛新绿

你用神话般的发射架

吻湿那些千年不变的裸石

然后，你让八面来风睡下

穿过那些升腾的海湾

你不断寻找新的手臂

新的胳膊和新的眼睛

你撞入一个个禁区

你的血液和语言

带上了大漠落日的盐的味道

在没日没夜的紧张的搏斗中

诗歌来到你的身边

你不知道那些声音

词语，青草，或者静寂从哪儿来

冬天里的一条河无节制地澎湃

仿佛一种力的召唤

仿佛儿时的母亲从夜的枝丫

从茫茫人群

从孤独的归途

从野火烧不尽的春天里

突然伸出来轻轻触摸你

那一刻，你握着诗歌的手
满是湿漉漉的泪水
你投下一道闪电
重新站在石头高耸的打谷场上
以你的神圣去搏击
一次又一次，与死神擦肩而过
为了在世界的舞台上
找到属于中国的红色的领地

曾经有人试图从你的胸脯上
摘取你的生命之花
打从你回到祖国
任何阴险的阴谋也无法得逞
你收集桂树枝丫间漏出的光波
收集露珠发出的光辉
收集雷霆和闪耀着电火的脚手架
在善与恶的斗争中
你一直站在那里，手持利剑
仿佛从飞驰的马背上站起来
用你的眼睛大声说
"告诉世界，我活着！"

黎明时分，你追随古老的河流

在历史苍茫的余晖里

你的嘴里咬着一支笔

墨水泼在石榴树上

泼在乡村的枸杞树上

梦想触摸了你的脚

你的小鸟，你奋斗的恒星

透过沉沉的回声

泪光中的你

倾听来自北京的宣告①

第一颗原子弹爆炸成功

中华人民共和国，成为世界上

第五个独立掌握核武器技术的国家

你是守夜人和探索者

是山川、河流和森林的榜样

是忠实使命的天才

是写着大爱的沉静的鹏鸟

是迷雾中沉潜的石头

是敌人恐惧的子弹

是惊动山谷的尖啸

是寒冬里的一剪梅

①．1964 年 10 月 16 日 / 在你回国后的第九个年头 / 你盼来了一声巨响 / 从中国神秘的西部发出 / 伴随着极亮的光 / 蹈海的火球冲天而起 / 一朵巨大的蘑菇云 / 在辽阔的天空轰然炸开。

你将自己的灵魂置于

空无一人的山峦

铺展，安放，盛开

只要一生中有一次为祖国效力的机会

你就紧紧抓住

你点燃一颗又一颗火球

在那神秘的苍穹

在银河的声音占领的走廊

你用鸟儿小小的心脏

装饰着森林的秘密

你用茉莉的七弦琴

弹奏春天的交响①

你殚精竭虑，鞠躬尽瘁

你仍然伸开双手

纵使天空累了

你也绝不放弃对太阳的选择

纵使花儿谢了

你也绝不放弃对果实的追求

无数的海水在路上侵蚀，沉睡

而你平静而广阔

风声在城墙上呼啸

你的春天一绿再绿

面对祖国母亲，你总觉得自己

是微不足道的存在

那些成功是集体的成功

是无数匿名英雄的成功

是国家强大和民族复兴的带来的成功

你希望做一粒尘埃

沉醉于伟大的星空

在神秘无垠的广漠

你感到自己是那浩瀚世界最纯粹的部分

你与星星共舞

远处响起黄钟般的声音

你的心在风中飞翔②

---

①. 1967年6月17日，中国第一颗氢弹空爆试验成功。美国人把钱学森当成5个师的威力，毛泽东评价他是"无价之国宝"。

②. 由于钱学森的回国效力，中国导弹、原子弹的发射向前推进了至少20年。1985年，美国政府反省当年对钱学森的迫害，满怀歉意，希望授予钱学森"国家勋章"。钱学森明确表示，美国人给予再高的荣誉也不稀罕。钱学森说："如果中国人民说我钱学森为国家，为民族做了点事，那就是最高的奖赏！"

作为民族脊梁

2007 年感动中国人物

神圣的季风从太阳的青铜里

提炼出来的颁奖词

真实浓缩了你的一生

"在你心里，国为重，家为轻，

科学最重，名利最轻。"

你像一只蜜蜂

一头扎在百里香的酵素中

那些窒息于泥土的拂晓

那些应答光辉的时间

那些风花雪月的文字

那些在心中衰败又闪耀的种子

都没能进入你的世界

直到远方的一声巨响

你抬起头发现春天的花

是在最初的地方芬芳

你的梦想在血液中跳得更快了

中国敢于在黑暗混乱的

秩序中指出前进的道路

因为你，太阳公平地展示正义，自由

如掉进水里突起的

海岬，斑斓如虹

满帆的船只在无法企及的天空游弋

无数羞怯的人赤裸着

在贫穷的栅栏前奔跑

迎接东方人国

"谈笑凯歌还"的崛起

当世界的黎明在广阔的野地行进

你 98 岁的历程

伴随着国家和民族的心跳

愈来愈高地上升

像渴望发出的光，在孤寂中辉煌①

最后的时刻来了，哀乐低沉，青山肃立

鲜艳的国旗映红你的脸庞

满月高悬，中国之光

在天安门城楼上，在你深情的注视中

熠熠生辉，异彩纷呈

①. 钱学森说："朋友们，亲爱的朋友们，世界进入中国轨道。看见了吗？朋友们，我的生命在这里重生。"

第五节

琅嬛：史光柱①

从一场硝烟中

你开始了艰难的讲述

轰鸣，在耳边徘徊

黄昏被拦腰截断

子弹比火焰的速度

奔跑得更快

滚烫的血液比枪膛更热

敲破的黑暗比黑夜更黑

风在嚎叫，疯狂地

撕扯一切秩序

摩擦的齿轮

切割着带血的肌肉

一寸又一寸，不断吞噬

从心里绽开的花朵

1984年，部队接受作战任务后

你写下誓言

也写下对誓言的忠诚②

当生命遇到你时

你的双手并没有硬如铁

你眼中的海水

流过村口、老牛和古井

然后，你把石头缝里

隐藏的种子挖出来

向春天坦露倔强的秘密

当你进入到爱的睡眠中

那赤裸裸的思念

那把你的手放在花瓣的胸间

突然涌起的触电的感觉

那被雨弄湿了的头发

与黑夜一起，久久地颤动

①.鸣谢：本诗写作参考了史光柱《命运关闭我的双眼，我却用心灵北斗追寻光明》一文，载微信公众号：史光柱潮流，2017年8月6日。

②.在老山前线，史光柱是班长，代理排长。他第一时间写下血书："宁可前进一步死，决不后退半步生；/宁可死在山顶，也不死在山脚。"/临别的前夜/他对母亲写下这样的话语/"我要上战场，誓死捍卫祖国的荣光/若我不幸牺牲，不要悲伤/您将看到我用生命换来的军功章/无愧于党的培养，也不辜负您的期望"。

4 月 28 日凌晨，战斗打响①

老山主峰上的高射机枪吐着疯狂的火舌

两个战士在冲击中牺牲

你指挥大家隐蔽后

低着头爬到一棵横道的大树旁

看准一个正在喷着火舌的机枪火力点

拿起牺牲的战士身旁的火箭筒

一发火箭弹打去

机枪顿时哑火，但另一火力点

像毒蛇一样向你扫射

你的左小腿一热

来不及查看伤口

你冲到阵地上

向盖沟里打了一个点射

将隐藏在岩洞里的敌人击毙

在太阳再也照不到的地方

在时间像处女的眼睛

不安地张开的地方

你听见脚下的植物

轻轻敲击着死亡

整个世界像草尖上滚动的露珠

在硝烟覆盖的晨光中

闪烁着安宁与诡异

---

①．史光柱的任务是先攻占 57 号高地，再配合一排夺取 50 号高地，当时，57 号高地左侧山包上，两个机枪火力点发疯般地猛烈扫射。

突然，高地上的敌军炮火

随着曳光弹倾泻而下

你冲到一棵树旁

一发炮弹在头顶爆炸

你来不及趴下

左肩打进四块弹片

钢盔飞了出去

头部被弹片击中

左耳一阵剧痛

身体被气浪掀翻在地

昏迷中，你被战友们喊醒

伤口剧痛，脑袋"嗡嗡"响

左耳朵什么也听不见

敌军的冲锋枪、机枪

明暗火力一起

吼叫，曳光弹到处乱飞

你呼唤炮火支援

率领全排迅速

突击到阵地前沿

在距第二道堑壕二十来米的地方

一排手榴弹砸来

你第三次负伤

一块弹片打在喉部

一块弹片击进左膝

战斗到了关键时刻

你身披五处重伤

但你毫不犹豫命令机枪掩护

像一个火球继续向前冲去

你早已习惯

石子的击打和尖利的叫声

暴雨落下来把大地的温柔

冲得粗糙不堪

你的头发脱落，像一把草

粘在小小的黑夜里

潮湿而芬芳的黑夜

以泥土的方式封住了你

你的左眼像被刀尖戳中

几十块地雷碎片划破你的脸部

血肉和飞起的泥土

堵住你的嘴巴

你透不过气来

两眼什么也看不见

你用右手往嘴巴上

抹了一把，喘了一口气

又往左脸颊摸了摸

摸住一个肉团子想扯下来

你拉了一下

左眼钻心的痛

你这才意识到

左眼球被打出来了

"就是死，也要死在顶峰上！"

你咬牙，摸起冲锋枪

奋力向前爬去

你摔进堑壕，再次昏迷过去

醒来时，你急切地问身旁的战友

"高地拿下来没有？"

多少次在夜里

我梦见你泪流满面

你和你的战友

像野火烧不尽的小草

春风一到，你们长在一起

根缠在一起

你了解祖宗留下的每一寸土地

都是那么宝贵

你了解无数的死亡

埋进了厚厚的春天

无数的血液

灌溉原野的植皮和生机

你沉重的爱

隐藏在光明的河流

在梦的深洞里

用信念支撑你屹立不倒①

医生遗憾地告诉你

左眼球要摘除

你很难过，心想

"左眼球战场上掉出来了

保不住就算了，能留下右眼也可以。"

你当时还不知道

你的右眼被两块弹片击碎

黑暗将陪伴你

未来的每一天，每一刻

坚强的你，忍不住捂着被子痛哭

像孩子一样痛哭

你再也见不到思念的故乡的天空

见不到老母亲那树皮般脸上

历历生长的一叠叠皱纹

---

①. 史光柱从担架上抬到手术台上，医生很震惊，他浑身是血，被检查出8处伤口，其中6处重伤，在双眼、脸部、喉部、左耳、左右臂和膝盖上，大大小小的弹片好几十块。

那些黑夜试图打垮你

你认不出故乡的池塘

认不出摧残你的黑夜的面孔

但你记得祖国的荣誉

在最高处发光

"别害怕，我还活着，我行！"

你告诫自己慢慢适应

等待大雨的降临

你在雨中看清了黑夜

认出了黑夜之后的新的高地①

你有幸成为中国历史上

第一位获得文学学士学位的盲人

你的"战斗英雄"的光荣称号里

还有一个沉甸甸的作家的头衔

在和平岁月里

你用信念和毅力记录伟大的时代

记录属于你的无悔的历史

那是共和国伟大历史的一部分啊

---

①．1986 年，史光柱重重地推开黑暗，进入大学，通过难以想象的不懈的努力，完成各门功课，顺利毕业。

第六节

柳琴：袁隆平

饥饿年代，飘荡着幽灵般

嘶叫，一次又一次

在清晨或黄昏

在泥地里，在梦中

你看到天堂的模样

就是金黄饱满的稻粒深深垂下头

向挥汗的农人致敬的模样

而踏着稻香走来的天使

挥动绿色的翅膀

一颗偌大的种子

从你眼前消失，无声无息……

大地浮肿，巨大的空间

胃痉挛，休克的鳞片

佝偻的船甲，致命的果子

你挣扎，恐惧，挥舞，高喊

电的嚎叫被刺天之剑斩断

父亲、母亲，白发苍苍，老泪纵横

消瘦的稻田，木犁在一角喘息

镰刀空空，有了腥味的锈迹

你知道，你要不停地寻找

在烈日下，在暴雨中，在实验室里

燃烧的热情不再熄灭

从怀化到海南，从长沙到北京

时间的胚芽，杂交的稻花

一次次失败

迷茫比嘲笑的阴影更大

黑压压的瞳孔比黑更黑

仿佛带电的切分音

你不忍伸出手

肩胛剧烈地抽搐

没有一滴水来自天空

稻田，缺水的稻田

母亲站在那里，用黄土洗脸

稻田皲裂如手掌

水稻啊，你痴爱一生的情人！

生命中最强大的主音

你在求索的途中辗转反侧

是谁把你的血淋入禾菀

让干渴的大地吮吸你？

分娩的季节，怀孕的水稻十分宁静

雨落下来，果浆一般

你的坚定的信念的重量

无法用任何一台天平来衡量

多少阴风苦雨都抹不去你

留在田埂上的脚印

你弓着身子的背影，被阳光晒黑的时间

汗水像云朵般涌来

流淌无声，落地有痕

浇灌内心的秘密

为寻找一粒强壮的种子

你与犁同在，努力挖井

挖最初的承诺和最后的归宿

风雨不辍，冰镇的荣耀穿过梨园

秋风愁煞，邮票般轻飘的旅人

蓬头垢面，你的微笑从手菀里长出

天道酬勤，像春笋冲破大地

你终于有了关于丰收的石破天惊

深沉的稻田，金黄的谷穗

你奋力推开一扇小窗

远方的村庄，饥饿的农人

抱着沉甸甸的稻子

收割的喜悦，欢呼的号角

庆功的红酒，仿佛与你无关

你静静地伫立在

一片空旷的水田

你陷入新的更高的凝思

岁月悠悠，当风捡起

你丢下的痛苦日子

夕阳，把最美的光芒

投进喧嚣的瞳仁

你奔腾的马匹

走出了心之草原

倚墙而立，你在堆得高高的

打谷场上，查看旧时的忧伤的记忆

你说，你没有停驻不飞的梦想

新生的稻花，迫不及待地

奔向另一朵稻花

你要披上时光的外套

继续扎根泥土，继续顽强越过

向着更远的远方

向着更大的目标

向着地球村的天堂

向着瀑布的长发

向着人类至高无上的爱

向着顶天立地的

高粱般倔立的水稻

岁月，是一把剪刀

剪出了你的皱纹

一道又一道，像龟裂的土地

清理阳光与灰尘

难得的休闲

你取下搁置已久的小提琴

想象年轻时腾起投篮的矫健的身影

你有许多身份

著名科学家，时代先锋

美国国家科学院外籍院士

甚至有一颗行星叫袁隆平

但你的心里只有一个身份

那就是大地的儿子

在中国和世界人民的心目中

你只有一个身份

那就是：杂交水稻的父亲

◎ 本乐章主调

反复回荡，自豪，激越，深沉

当我怀着自豪的感情，
再向星空了望。
我的身子，
充溢着非凡的力量。
因为我知道：
在一切最好的传统之上，
我们的队伍已经组成，
犹如浩荡的万里长江。
——郭小川《望星空》

Part. **10**

第十乐章

国家使命

第一节

注目礼："两弹一星"①

这是一个光荣的集体

把镀金的奖章

埋在最硬的沙漠里

这是一个词，也是全部的动词

是血与肉的集结

我看见这里的每一个人

男人和女人，都一声不吭

像一个个哨兵，忠于自己的岗位

时间嘀嗒嘀嗒

催赶什么，我进去后

没有人抬头

青草见到花儿

也会打一声招呼

但他们没有理会

没有人愿意等待

因为心中的目标不会说话，只瞪着眼睛

---

①.鸣谢：本诗写作参考了李斌《"两弹一星"精神的内涵与体现》一文，载于 2018 年 1 月 25 日出版的《人民政协报》。

这是一个平常的雨天

上午或者下午，傍晚也行

落雨或者天晴，阴天也好

他们完全视而不见

仿佛涂了一层沉默

没有谁知道发生了什么

但我知道，我从这里出来以后

我不再是同一个人

周围的一切也不再是

包括路边的一棵小草

它默默地生长，甚至开出无名花来

这个集体的家谱

很长，任何一本书都无法写完

1951 年，于敏从北京大学

调到中国科学院近代物理所

隐姓埋名 30 年

投入到"两弹一星"

高负荷的神秘研究中

夜以继日，像一个带着火

或者刀子出发的人

于敏说："一个人的名字，早晚是要消失的。

能把自己微薄的力量融进祖国的事业之中，

也就足可以欣慰了。"

他让紫罗兰悄然开花

自己躲在离春天很远的地方

忠实于自己的选择

1956 年秋，王淦昌作为中国代表来到苏联

在杜布纳联合原子核研究所工作

4 年后，他谢绝苏方的高薪挽留回到北京

并把在苏联省下的 14 万卢布

全部捐献给贫弱的祖国

1961 年 4 月，王淦昌接受了研制

核武器的任务，他说：

"我认为国家的强盛才是我真正的追求，

那正是我报效国家的时候。"

对于他，黑夜比白天更加辛苦

每一天，都可以将钢铁熔化

把土地嚼碎，把死亡赶走

他的身上散发着像硝烟一样的盐味

他完全浸泡在追赶的时间中

眼里的血按摩黎明

一次又一次，让黎明

来得更早，来得更亮，来得更安详

1958 年，邓稼先在钱三强的竭力推荐下

义无反顾，投身于伟大事业中

他对妻子说："我的生命就献给未来的工作了。

做好了这件事，我这一生就过得很有意义，

就是为了它，死了也值得！"

1986 年，积劳成疾的邓稼先

被癌症夺去生命

直到生命的最后一个月

他 28 年的苦难与辉煌才得以披露

原来，他每一天

都发出霹雳般的声音

只是因为写满密码

我们不曾听懂

他每一天都在经历

一系列驰骋天空的死亡与重生

只是因为他把笑藏起来

把痛苦藏起来，把苦难和危险藏起来

我们不曾看见

程开甲，中国核试验科学技术的领头人

他不但自己来到基地

还举家迁往罗布泊，在荒山野岭

日历一翻，就是 25 年

当被问及参加核试验

最难忘的感受是什么

他老泪纵横："有了原子弹，

中国人才真正挺直了脊梁。

我们为核武器事业而献身，　　　　　为确保第一颗人造卫星研制成功

为的就是让我们的祖国能硬邦邦地　　中央决定成立中国空间技术研究院

站立于世界。　　　　　　　　　　孙家栋临危受命

我们做到了……"　　　　　　　　负责卫星的总体设计

他一开口，就如突然打响的枪声　　　为防止有人破坏

弹片径直飞向古老的太阳　　　　　　全国各地动员了数十万民兵

飞向因恐怖而冻住的苍天的双眼　　　从发射场到各个观测站

被风吹干的泪水变成了厚厚的尘埃　　数万公里的线路上

　　　　　　　　　　　　　　　　每一根电线杆下面都瞪着

　　　　　　　　　　　　　　　　灯笼般不灭的眼睛

　　　　　　　　　　　　　　　　在难以见到的水之湄，在噼啪燃烧的蝉鸣里

　　　　　　　　　　　　　　　　孙家栋耐心地等待

　　　　　　　　　　　　　　　　一如等待唐诗的豪迈，宋词的清越

　　　　　　　　　　　　　　　　等待的过程就是将生命

　　　　　　　　　　　　　　　　沉入灵魂的过程①

---

①. 1970 年 4 月 24 日 / 中国第一颗人造卫星 / 发射成功伴随着《东方红》的乐曲 / 响彻太空 / 中国人用创造奇迹的 / 大手，奋力拉开了 / 探索宇宙奥秘和平利用太空 / 造福人类的伟大序幕

这不是一个人

而是一个激情燃烧的光荣的集体

一个在春天里集合了所有的声音与雨滴

集合了优秀的湖泊和花的合唱的集体

王承书，504 厂唯一女性

她的科研成果曾轰动世界

从美国回来后

她与丈夫张文裕一起

隐姓埋名 30 年

她是死后既有资格见马克思

又有资格见爱因斯坦的人

她最感动人的一句话是

"自己从来没有'牺牲'的想法。

为祖国工作，自己怎样也不应看为是'牺牲'。"

多么质朴的话，多么纯粹的人

一位工程师接到秘密调令

按组织要求，她瞒着丈夫

借口出差，神秘消失

她来到罗布泊承担测试技术工作

半年后，在孔雀河边的一棵树下

她与心爱的丈夫意外相逢

像两棵草，惊讶地站在路边

泪眼婆娑，紧紧拥抱

原来，她的丈夫也接到密令

并且与她同属一支特种部队

由于沙漠无垠，信息阻隔

他们近在咫尺

却有着天涯的距离

张爱萍将军听到这个动人的故事

流着热泪，他来到那棵树下

动情地说："就叫它夫妻树吧，

它是一座纪念碑！"

这对至今不肯透露姓名的人

把坚强当成平凡

把工作当成爱

把荒野当成家

像狂风撕裂白布

只把生命的根部

死死扎进戈壁滩上震颤了的土地里

当黑夜升起来，茫茫寂寞

像挂着一条被诅咒的蛇

死神一不小心就会踩响

夫妻俩强忍着泪水

用有力的手掌

深深地抠入埋在心底的

对彼此的思念

"两弹一星"，培育和发扬了中华民族

优秀文化最崇高的精神①

这种精神激励和鼓舞了

一代又一代人

这种精神是中华复兴与崛起的核动力

请记住这个伟大的集体

请记住这些光荣的名字②

以及还有许许多多

至今不肯披露姓名的人

这些名字，连同一个个

坚强的灵、谷香的魂相聚一起

构成民族的脊柱，国家的栋梁

---

①."两弹一星"精神指的是热爱祖国的精神，无私奉献的精神，自力更生的精神，艰苦奋斗的精神，大力协同的精神，勇于登攀的精神。

②.按姓氏笔画排序，于敏、王大珩、王希季、王淦昌、邓稼先、朱光亚、任新民、孙家栋、吴自良、杨嘉墀、陈芳允、陈能宽、周光召、赵九章、姚桐斌、钱三强、钱骥、钱学森、郭永怀、黄纬禄、屠守锷、彭桓武、程开甲……

这个家谱里的每一个人，都宠辱不惊

英雄们，你走出我的诗歌

顺着沙漠之海行走

沿途遇见的人

像失散的兄弟在海里撒网

你本是渔夫

有着同一种肤色，同一种基因

流着同一种文化的血

你跟从太阳

皮肤晒得跟渔夫一样

你撒下网，得到满满的青铜的果实

为了洁净世上的房子

你取出心爱的鸟、香柏和朱红色的草

你用瓦器盛着活水

把一只鸟宰在上面

用被宰之鸟的血

与活水混合在一起

你每天一次喷洒房子

把别人的鸟放到城外的田野里

那里的房子有罪

你要洗涤干净

为什么春天能开出花来

开出的花儿为什么这样红

我们知道这一切

都是因为你而绽放

你怀着深沉的爱

怀着一个个结实的秘密

在未发生的事情前

突然勇敢地绽开花朵

我愿意默默地跟在你后面

像许多人一样

做好自己的工作

比方，我教书，就站好三尺讲台　　　　请给予最高的赞美吧

我写作，就写好无愧于　　　　　　　　这个英雄群体，雕塑般矗立在祖国的大地

自己与时代的作品　　　　　　　　　　可他们还在上升的途中

而你的形象，永远停留在那里　　　　　还有一批又一批新的血液

好像坐在椅子上　　　　　　　　　　　还有继续缄默的嘴

好像失落在夜色中　　　　　　　　　　还有他们向云霞道别的

如此这般，又不是这样　　　　　　　　每一个动人的手势

我就决定停留下来　　　　　　　　　　还有青铜的月和不凋之花的

轻轻触摸，我突然明白　　　　　　　　遥遥相约

你的根扎在粗粝的沙土中　　　　　　　就那么隔着银河

那里的热仍然滚烫　　　　　　　　　　隔着过去、现在和未来

我跟在你的后面　　　　　　　　　　　生死相依

我的影子都燃烧起来　　　　　　　　　在一柱烛光里，照亮彼此

第二节

大崛起：航天英雄

每一次远行都有无数含泪的

眼睛和紧抿的双唇伴随你

每一次远行

都有无数紧握的双手

希望发力，送你抵达

人类极限经验的边界

宇宙亘古不变

冷漠无言，不动声色

而你总是以灿烂的微笑

张开双臂去拥抱，去追梦

去书写地球对于自身引力之外的伟大遐想

你飞得更高，飞得更远

飞得更辽阔，更壮观

每一处风景，只有你

能看懂它深邃的双眸和它的期盼

你追上远去的背影

追上奔月的神话

画个圆，圈住宇宙

曾经，教科书上的神话如此遥远

遥远得近乎虚无

直到强大的祖国选中你

一切变得紧张，真实

热血汹涌，击打你每一条神经

你训练，超负荷训练

仿佛只有这样

才能触摸生活的真实①

一次次腾空和翻转

你要超越地心引力

超越平凡，超越尘世

你要学会向着无极、哲学和轮回的位置

你要学会劳作，学会冷静

学会等待，学会死亡与再生

痛苦把你缠住

你就把痛苦烧掉，重新站起来

欲望把你击伤

你就把欲望驱逐，重新站起来

忧愁把你摔倒

你就把忧愁埋葬，重新站起来

孤独把你打昏

你就把孤独掐死，重新站起来

你站起来，每一次站起来

你使阴影退得更远

你站起来，每一次站起来

你让行动走得更远

这日复一日的极限训练

这一次又一次的魔鬼般的测试

最终，把你送上太空

并且适应在那里的日常生活

①. 航天员训练极严苛，要在离心机上飞速旋转，旋转测试胸背、头部的各种超重耐力。在低压试验舱，开始测试，他们先上升到5000米，再上升到1万米，测试他们的耐低氧能力，还要在旋转座椅和秋千上检查特定的前庭功能，测试他们下体负压的各种耐力。

2003 年 10 月 15 日

北京时间 9 时，杨利伟，全世界

率先记住了这个名字

长征二号火箭，腾空而起

托举你和神舟五号飞船

首次进入太空

地面科研人员的焦急，战友的紧张

亲人的担心，天空的安静

演播室窒息的空气

电视机前一双双眼睛

屏住呼吸的父老乡亲

都在搜索同一个目标

那潜伏在视力所及的熟悉的身影

那无限的幽蓝

那没有底端的浩瀚大海

那嫦娥奔月的神话

那酿造桂花酒的吴刚

那在迷惘的童年，受伤的翅膀，都过去了

此刻，只有无怨无悔的探索者

只有对强大祖国满怀信心的你

也只有你明白，稍有闪失便是灾难

你，杨利伟，真的勇士

无悔于国家的信赖

无愧于伟大时代的坚定选择

你冷静地掌控着一切

顺利地进入目标轨道

激动人心的时刻啊

举世瞩目，神州欢庆

中国成为第三个掌握载人航天技术的国家

东方的巨狮醒来了

你驾着飞船，举起五星红旗

优雅，轻松，自信

英姿勃勃，"胜似闲庭信步"

中华人民共和国鲜红的旗模

被浩瀚的宇宙和灿烂的星空永久收藏

月光披着轻纱，流进来

随风婆娑

我躲在雨的后面

试图躲避一种光芒

但怎能躲避从天而降的缘

刘洋，美丽的女航天员

贤惠的中国女子

你从一片树叶就能够感受到

春天的湿润与柔软

你从一束目光就能够感受到

爱情的灼痛与缠绵

在西昌，在高高的发射场

你心中的音乐缓缓响起

这午夜的呢喃，这神圣的时刻

盛大的太空，如同一只杯子

包容你无限的柔情

你胸前的国旗闪闪发光

那是永恒的发动机

是煤，是铀，是酒

是随时爆破的无穷的核能

你一人飞天

背后是一个强大国家的全力托举

窗口上的红嘴鸟固执地等待

黎明的到来，等待青春的无怨无悔①

心被锁起来，门才容易打开

我多次想走进你们的舱门

近距离感受你们的心跳

你们，中国的骄傲，人民的英雄

从神舟五号到神舟十一号

以及这数字的不断扩大和延伸

作为伟大集体的一分子

作为伟大祖国的一员

你们赶上了快速发展的崛起的时代

赶上了共和国历史上最好的年代

此刻，春天临近，乡愁更浓

那些岛屿上的乌黑，与乌黑里的

蓝光，不再孤单

天空中说着汉语的国际空间站

享受幸福生活的人

你们用自信的双臂搂住了我

我在时间的钻塔上镌刻你们的名字

在未来的竞技场

在崇敬的祝福里

在世界航天史上

中国航天集体的英名更加响亮

这不是对几个人的颂扬

而是几代航天人追求的梦想

这不是对一个行业的礼赞

而是讴歌盛世的荣光

---

①．景海鹏，中国航天两度飞天的"第一人"／你刚毅的脸上／充满鲜花般笑容／费俊龙，聂海胜，翟志刚／刘伯明，刘旺，张晓光／还有王亚平，陈冬／还有一大批默默奋斗的航天英雄。

第三节

新征程：蛟龙号

我就这么静静地看着你

看着大海的咆哮

是如何环绕着堤岸和堤岸两边的灯光

看着跳动的寒星在你的注目中升起

看着黑鸟纷纷迁徙后

留下的大片大片孤寂

看着黎明前被抛弃的码头

在你的招手间突然停顿

看着颤抖的阴影

在你的手心里反复揉搓

我就这么静静地看着你[①]

你是这样一支年轻的团队

年轻的战士，年轻的心

这样的一群年轻的黄金

像花苞一样挺立在

危机四伏的激流中[②]

把古老而优美的汉字

刻入波涛汹涌的海底基石

这是怎样的壮举

怎样的热血，怎样的迸发

你震惊世界

却又如此脚踏实地

你静静地站在激流的风口

犹如未知的原野

疑是银河落九天

①. 2012 年，中国深海最重要的一年 / 吴有生院士，徐芑南总工 / 还有首席潜海员，1979 年出生的叶聪 / 以及像叶聪一样的青年才俊在深海探索。

②. "蛟龙"号 6 次深潜海底 /3 次超过 7000 米 /4 次刷新最深下潜纪录 / 突破，突破，再突破 / 最大的下潜深度达到 7062 米 / 最大工作设计深度为 7000 米 / 工作范围覆盖全球 99.8% 的海洋区域 / 你和无人无缆的"潜龙"号、无人有缆的 /"海龙"号兄弟一起组成了畅游海底的 / 强大中国"龙之队"。

我就这么静静地看着你

看着潜水的惬意与沙滩隐藏的风光

看着海鲸在海水中畅游

直到它不敢触及的高度

看着遥远的碧空和它下面的黑珊瑚

看着耽溺于透明海水里出来漂浮的

挣扎的水母

看着阳光透过的

氤氲如雾的冰寒深处

看着《月光奏鸣曲》

在大海的深层毁灭又重生

看着走了许久的旅人

不知道前途还有多长和多远

看着海中翻腾的骑手

用怎样的力量咬住睡眠之火

咬住中国速度和摧毁的盐

我就这么静静地看着你

远离一切，又逼近一切

沿着人类文明的极限与从未触及的血管

沿着祖国粗糙的

皮肤和大地少有的矿藏

不管是延亘四大洋的

洋中脊还是马里亚纳海沟

你踏破风涛怒浪

坚定行进在浩瀚如宇宙的铁末里

你的身影缓缓深入子宫般张开的大海

沉潜，沉潜，沉潜

肩负着大地的重量

每一寸，都是那么艰难

每一步，都游走在死亡的边缘

一次又一次，突破极限

那些爆裂的洋流

那些无边无际的黑暗与恐惧

那些未知的危险海洋生物

那些黑暗中的部落

发出闪光的灵魂的问候

所有的一切

包括海底世界最美的生物

都这么静静地看着你

惊讶而肃穆

我就这么静静地看着你

在夜晚成堆的黑暗中

在飞翔溅起的沉降里

我看着那密密麻麻跳动的

星罗棋布般的数字

看着不停下垂的

营地的边缘和倒立的海的天空

看着毫无防备的深海的鱼群

看着羁留在蓝色阴影里的

一排排颤动的翅翼

看着沉默已久的存在

以拼命摇动的石头般的

手臂保护自己的头颅

我就这么静静地看着你

看着你在雷鸣的水流里一次次破碎

成为黑色的泡沫中的淡定

看着你受创之时海底里

突然涌起的强劲的旋风

看着你唱着笑着哭着之后

吵醒了海底世界的静寂之美

看着你说话的腔调与姿势

仿佛你在校园的红旗下

高高举起的手臂

看着你的语言

从发烫的河流里冲去

又落入寒冷的冰的耳朵

看着你在孤独而狭窄的空间切割泪光

又将泪光慢慢收起

看着你让时间在历史的大厅

完成自己的塑像

看着你在飞速的冲动和高墙之间

收集隧道中间的力量与意志

看着你不断攀登的荒原

长出一丛丛笑脸般的花蕾

我就这么静静地看着你

在山坡地带，在海水、石块和树丛

在绿色星星、黑色的粉末

在盐巴和明亮如水的森林

在大海无语、河流沸腾

仿佛活跃的火山中心

我就这么静静地看着你

看着你，走进我的生命

成为细胞和血液

看着你走进崇高的孤独

成为世界和平的保障

看着你走进未来的光荣

成为中国名片，成为崛起的新的坐标

第四节

鲸图腾：南极科考①

在你哼唱的民谣里
一生守住领地的人去了远方
为了将触觉伸向更加辽阔的世界
周围白茫茫一片
桅杆上高高悬挂的五星红旗
迎着刺目的寒光
发出披荆斩棘的手语
魔鬼般磨着利牙的恶劣的气候
充满下坠的危险
夜与昼
都以同一种颜色的衣领
到处伸展海妖的威吓
没有蝉声，没有驱逐一切

黑色和无尽之夜的火炉
只有欢跳的寂静
狂怒的孤独，诱人的回忆
只有晕头转向的罕见的鸟
把太阳的胸脯扣得紧紧
在万物的怀里
在可怕的原野和深沉的梦里
唯一看到的就是你
展开硕大无朋的翅膀
向前，向前，向前
带着夸父追日般的
表情，不驯，坚毅，冷静

①.鸣谢：本诗写作中参考了陈瑜《我国为何要建第五个南极考察站》一文，载于2017年11月9日出版的《科技日报》。

多么诱人的未来的人类后花园啊①

在公平竞争和有序开发中

谁都可以在此安营扎寨

谁都可以拥有属于自己国家的领地

中国，面对这遥远的神秘之地

多少个日日夜夜

多少科考人员在做梦

每一个梦都发烫

每一个梦都不褪色，挣扎，嘶吼

发出巨大的声音，久久回响

昔日的贫穷带来的屈辱

像刀子一样划破脸孔

一批又一批科考队员

义无反顾，飞蛾扑火

即便葬身海底

也要成为南极途中

醒目的雕塑和路标

直到 1985 年

五星红旗终于插上了南极的上空

迎风摇曳

这个一直发烫的成了真的梦

这片以"长城"命名的科考圣地

正以惊人的速度和千山万水的绵延

为复兴中的"中国崛起"作证，加冕

---

①. 20 世纪中，先后有 40 多个国家／在南极建立了 100 多个科学考察站／开展了多学科考察研究／南极，有着比北极／更为丰富的资源和能源／世界上最大的铁山和煤田／丰富的海洋生物／无尽的油气资源／以及地球上 72% 以上的天然淡水资源。

你是庄严仪式中的

盐巴、血魂和水的曲线的起舞者

你是被神秘莫测的力量

一再袭击的蔚蓝色坚固的晶体

你是茫然不知所措的

海鹰失去风暴庇护后

仍然高高昂起的头颅

你是深埋在执着的

暗夜之中的藏宝图

你是在文明发布会上

设有密码的新书单

你是对侵袭的尖叫全然无视

让有顽强基因的和平种子

植入厚厚的日历①

你以雄心勃勃的柔情

支撑并平衡南极内部的躁动

支撑并安抚波涛汹涌的黑色的长夜

---

①. 通过 33 批次的南极科考英雄 / 日益强大的中国 / 在 1380 多万平方公里的南极大陆上 / 建成了长城站,中山站 / 昆仑站和泰山站 / 鲜艳的五星红旗 / 向世界宣布中国的和平崛起 / 而即将写上中国名字的 / 第五座考察站的选址 / 已经锁定在 / 罗斯海地区恩科斯堡岛

2017 年 11 月 8 日

第 34 批次南极科考队

从上海搭乘"雪龙"号

前往那片熟悉而陌生的冰世界

"离别的味道是这样凄凉，

心里有一万个不舍，

不在你们身边的时候只希望你们健康快乐。"

作为本次科考队成员之一

胡琴的眼里忍住没有流下的泪水

南极，是你的目的地

你想知道这里的海冰区

以怎样的方式影响地球

你要进行冰盖、海洋和陆地沉积物中

古环境的考察

你要记录冰盖的物质平衡和海平面的

全面咬合与相互作用

如果说南极的躯体有着想象的神奇和碧绿

如果说南极的魅力

无涯无际又难以捕捉

如果说南极

在黑暗中狂舞不止又波澜不惊

那么，你在哪里

你的根基又在哪里？

难道是那个比夜晚还要黑的遥远的星空？

是那个太阳系里满含神秘的黑点？

是黄河岸边半爿民宅的牵挂？

是像月球一样失重的无风无浪的孤寂？

不！曾经的海洋，未来的海洋

此刻的你，就站在海洋的中心

细细探究未知的巨大片区里的密码

你和你的战友
不同的个体，同一个国家和集体
你不远万里来到这里
来到这绝无仅有的不毛之地
你的眼前是白茫茫的满目苍凉
却又那样生机勃勃
你像你的前辈一样
同属一根血脉，一个梦想
你以一种新的心跳和全部的热血
播下不朽的生命的火种
你的光荣与骄傲
见证你每一天不凡的工作

你知道，南极是地球上
至今未被开发的神秘的处女地
是未被污染的洁净的新大陆
是蕴藏着无数科学之谜
和丰富信息的冰世界
在这里，51 个国家的极地考察
与考古般的发掘，比拼的
不仅仅是科考人员的个人能力
更是一个国家的综合实力
是一场国际舞台上国与国之间
科学实力的角逐与争雄

此刻，你疲惫地睡去

可你仍然保持出发的姿势

现在的你，每一天都很充实

每一天都能在梦中见到亲人

你让自己努力活着

有意义地生存

感受每一次落日的辉煌

体味每一次升旗的庄严

你让内心自由的天性

服从铁的意志，钢的纪律

让死亡的阴影永不触及

高过头顶的祖国的位置

让人类生活的边界

在地球上不断地扩展与延伸

从长城站建立的那天起

中国已经建成南极考察基础设施体系①

在业已出发的第 34 次南极科考中

你和你的科考团队

小心谨慎，紧握使命

战胜自我，突破自我，超越自我

刷新一个又一个纪录②

成就一个又一个新的"本我"

无论你做什么

无论你在什么时间和地点

你都是那个从不服输的

打不败的探索者

你都是那个和平的捍卫者

你都是那个未知世界的开拓者

你都是那个自信的见证者

你都是那个真诚的历史的卓越开创者

---

①. 该体系涵盖空基、岸基、船基、海基、冰基、海床基的国家南极观测网，成为"一船四站一基地"。

②. 第 34 次南极科考任务将把预制的工作舱、住宿舱、生活舱、发电舱、备品舱等，临建设施、工程机械、工程辅助设施设备部署上岛，完成临建设施安装，建设临时码头，进行站区场地平整。

第五节

凯旋曲：利比亚撤侨①

2011 年，中国传统的春节

还在世界各地流淌着欢乐

神秘的北非

地中海南岸迷人的利比亚

热辣的女子魅力四射

巨大的招贴画伸出双臂

一切井井有条

但突然之间，狼烟四起

战火与骚乱，像狂风一样席卷

这片古老的土地

每天都有成群的雇佣兵　　　　寒冬，渗透到后卡扎菲时代的骨子里

从紧闭的门前走过大街小巷　　　一系列连根拔起的不祥之物

到处都是厚厚的余温尚烫的子弹壳　　塞满利比亚的鼻孔、面部和耳朵

当地陷入一片混乱　　　　　　　贫穷的山岳，像患了疟疾的马匹

打砸抢偷的暴行　　　　　　　　把狂躁的鬃毛竖起来

有如决堤的洪水　　　　　　　　无法无天的秃鹰在空中

在每一个地方泛滥　　　　　　　抢夺从地面抛起的带血的肉末

①. 鸣谢：本诗所引内容参考了杨逸男、张群《利比亚撤侨亲历者王本虎：祖国派邮轮接我逃离战火》一文，载于 2017 年 10 月 7 日出版的《广州日报》。

此刻，连上帝都在叹息

一个个扭曲的阴影

延长了痛苦压弯的身子

一双双骨瘦的手，举着刀

将一朵朵鲜花愤怒地砍下

暴徒们带着无知的狂笑，将流血的鲜花

扔进腐烂的臭水沟里

城市和乡村变成无序的岛屿

像面目可憎的怪兽

瞪着猩红的眼睛

无情地切割人性、法律和铁

切割援助的有血的脐带　　　　这里是风暴的中心

切割流浪的荒野与世界的关联　　在利比业首都的黎波里

在班加西狂热的暴风眼

在米苏拉塔、扎维耶、贝达和兹利坦

这些原是天高云淡的漂亮的城市

原是火红鲜艳的凤凰花开满街头的城市

那些曾习惯在此散步和跳舞的人

那些享受过浪漫、热闹和一夜温情的人

那些唱着

"真理之光将在我的手中闪烁"的人

那些贵族、平民，警察和军队

仿佛一夜之间，消失了

整个国家，陷入无可预知的

黑色的漩涡，危机四伏

所有这些都是权宜之举
都无法阻止无知的暴徒
疯狂打捞黑夜的贪婪

突然，门外响起激烈的枪声
"歹徒来了！"
此刻，来自中国的援建工人们
紧张有序地进行自救①
数不清的子弹从头顶飞过
所有员工聚集在一起
窗户玻璃都被打碎
他们在住房前加固了围墙
墙上满是弹孔
在围墙外面
城市在颤抖
他们用挖掘机挖了一圈壕沟
地上满是散落的弹壳
给围墙加了铁丝网
被焚烧的汽车，冒着浓烟
紧邻公路的工地大门
狂热的武装分子举着枪
他们用石头全部堵死
喊着口号，随意射杀
夜深了，天空还在发抖
每一个被他们盯上的人
他们不敢开灯
摸黑，蜷缩到窗台下
每个人在心中默念着
"回家，回家！
就是死，我们也要回家！"

---

①. 他们用3毫米厚的钢板焊成盾牌 / 向友人借来机枪，放在工地门口 / 他们把手表、现金、笔记本电脑等 / 埋起来，把钱藏在鞋底 / 把护照放到最贴身的衣服里面 / 随身携带手机 / 保持电量充足。

半个多世纪以来

一直生活在和平土地上的中国人

第一次近距离

听到激烈的枪声，顿时愣住了

暴风雨来得如此猛烈

抢劫的人来了一拨又一拨

抢走现金、首饰、车辆

搜寻一切值钱的物品

还不停地打砸，一地狼藉

每个人紧张到极点

外面一有风吹草动

心提到了嗓子眼

没有人敢合眼，每个人

都准备一根沉重的钢管

作为防身武器

嘴里反复念叨着同一句话

"祖国不会抛弃我们，

不会，绝对不会！"

当时，利比亚成为世界的孤岛

机场关闭

港口关闭

边境关闭

手机与国内的通信完全中断

直到凌晨1点

中建八局海外部设计师王本虎

冒险爬到屋顶

在无数次失败后，终于拨通了

中国驻利比亚大使馆的电话

电话一端传过来热情的安慰：

"情况我已知晓，

国家正在尽力协调，

会尽快接你们回家。"

听到这番话

硬汉王本虎掉下了眼泪

很快，中方人员接到了大使馆的撤离通知

"安全撤离，一个都不能少！"

中南海的指令

铿锵，有力，自信

像温暖的信号灯

从遥远东方的天空升起

在绝望的时候

王本虎脑海里定格的

只有两个画面

一个是老家宁静而安详的院子

一个是北京宽敞而明亮的马路

中国政府出手迅速

果决而坚定

作为一次国家行动

暴乱发生的第一天

中国政府就着手营救

终于，在灰暗的地平线尽头

在地中海的波面上

升起了一抹星辰的红光

划破黑暗，划破激流

像花朵在平静中猝然怒放

青筋暴起的拳头

砸碎了钢铁的阻隔

心中的渴望结束了绝望的等待

被困者的前额

感受着炽热的光芒

那是从遥远的春天传来的

母亲的声音

每个人的眼里噙满泪水

高喊一声：

"祖国，祖国！

我亲爱的母亲！"①

此刻，国旗和国歌就是通行证

是力量的源泉

是精神的归宿

是华夏民族的根

是中国不屈的魂②

---

① . 从利比亚撤到突尼斯或埃及 / 伟大时刻见证中国速度，中国传奇 / 有的同胞因为护照丢了无法离境 / 前来协助撤侨的人 / 就让他唱几句国歌 / 举起中国国旗的人 / 也被顺利放行。

② . 请记住 2011 年！ / 请记住这次伟大行动 / 从 2 月 22 日至 3 月 5 日 / 短短的 11 天，中国政府协调 / 派出 91 架次民航包机 /12 架次军机、5 艘货轮、1 艘护卫舰 / 租用 35 架次外国包机 /11 艘次外籍邮轮 / 和 100 余班次客车 / 海、陆、空联动 / 从利比亚各地撤侨 / 最终将 35860 名中国公民平安撤出。

天空落下雨水

洗去沾满灰烬的日子

谁的肩膀这么柔软，却这么坚硬

谁的脊梁这么粗壮，却这么挺拔

谁的嘴唇这么厚

让这么多人含泪亲吻

这么多人跪在地面上亲吻

一遍又一遍，千百次都吻不够①

浓烈，自然，真挚

似乎就要与这嘴唇融为一体

中国母亲，只有你

才能承载这么多的生命和梦想

你丰沛而广阔，深邃而淡定

无论你的人民爱与恨

来与去，你都在那里

默默地，不带任何条件地

支撑他们的落魄与危急，成功和辉煌

包括绝望和困境

在这次举世瞩目的

人道主义的壮举中

谁是英雄？

是你，是我，是他

是集体和个人

是我们的国家

是我们的政府

是我们的人民

只有国家富强，人民才有尊严

只有国家富强，生活才有安全

一个声音沿着大地的神经深入

你的脑海："只有亲历生死时刻，

才能体会和平与稳定的可贵"

① .就这样，仅仅3天时间，9200多名中建八局所属人员，3700多名兄弟公司的中国员工，以及950多名来自孟加拉国、越南的外籍员工，全部安全撤出了战火纷飞的利比亚。

朋友，你失去的道路

可以沿着祖国的气息找回来

直到此时你才明白

母亲时刻都在身边

无论你走多远

无论你是否想念她

她总是在你最需要的时候

第一个出现，并且总是伸出

她从未迟疑的手

将你从困境、危机甚至是

充满死亡气息的绝望的硝烟中拉出

随后的也门撤侨、尼泊尔撤侨

以及新西兰的地震撤侨行动

每一次，都赢得世界各国人民的高度赞许

每一次，都牵动海外华人华侨深情的目光

"没有和平的年代，只有和平的国家"

这是"崛起中国"带给世界的生动感悟

这是"强大中国"带给世界的最好注释

第六节
共同体：维和部队

2018 年 4 月 19 日
河北石家庄，中国新一批
赴塞浦路斯维和警队
参加了庄严的出征仪式
你站在队列的最前面
像饱满的向日葵
迎着祖国喷薄而出的
太阳，敬礼！

崛起的大国
世界的目光一再聚焦
你从来没有
"大风起兮云飞扬"的悲壮与骄傲
从来没有像现在这样
肩负国家沉甸甸的责任
你走出海关
点燃原始的燧石
点燃古老的灯
让异国他乡的人
看清多少世纪以来
落下的黑暗、腐殖质和羸弱的形象
落下悲剧的名词和创伤中的沉重鞭子

你列队而出

头戴天蓝色钢盔

这曾经是你浪漫的想象

此刻真实地戴在头顶

你的上衣

印有联合国英文缩写的"UN"

你的臂章

缀有"地球与橄榄枝"的图案

那是图腾和旗帜

是和平的象征，是希望的象征

是人类命运共同体的象征

那些血迹斑斑的

闪着寒光的斧钺

那些没有受到法律审判的空气

那些打着正义旗号的腐败的种子

纷纷从混乱无序中归队

你来到这里

是为了让死去的嘴巴说话

是为了让正义、公平和自由

从你的家乡流淌到地球上的每一个角落

让在蓝色的天空下集合起来的所有沉默

都有说话的胆量与权利

都可以发出暴风般

掠过的滚烫的声音

为什么一次次离开故土

为什么一次次背上沉重的使命

走向那些需要你的地方

完成一个个"不可能完成的任务"？

是强大祖国的道义与担当

是大国的责任与荣耀

是世界人民的迫切需要

磨砺着你的意志与锋芒

当蓝色贝雷帽庄严地

戴在你的头上

你的面前仿佛是一条

闪烁黄色光芒的河流

一条掩埋在泥土底下

有着老虎啸叫的河流

中国拥有的和平与安宁

不代表世界也拥有和平与安宁

动荡的日子，地震的灾难

战争的阴霾，儿童的无助

妇女的哭泣，扰乱世界的星辰

那些你不认识的人

不是非我族类

而是天各一方的兄弟姐妹

当你走出国门的那一刻

你的生命与世界的命运连在一起

与和平、正义、自由连在一起

你脸上写着刚毅

跨越千山万水

只为那一方苦难的人民

你崇高的名字

就代表着中国的名字

你的一举一动

向世界输入的是中国的力量

你时刻准备惩罚

一如惩罚疟疾、蚊虫、蛇

消灭潜伏在无边无际的阴暗危险

这地球上的原罪挑衅人类的良知

撕毁道德的荆冠，吞噬善与美的蛋白质

正因为此，你流淌着炽热的鲜血

扎根在那片陌生的土壤

架起友谊的桥梁

打开封闭的道路

修建败破的村庄

在农田地里教会插秧

承担他们生命的重量

他们叫不出你的名字，却认识中国的国徽

知道你是中国军人

你用爱填补他们千疮百孔的心灵

用行动为他们创造一个全新的未来

比贫穷的恶更大的是愚昧隐藏下的流水

他们把发臭的玫瑰当作了生命的黄金

那些习惯用拳头说谎的人

那些要把你砸死的石块

那些试图把你处以磔刑的木头

与人性的恶缠在一起

共同把持板结的夜

海风吹来阵阵乡愁

天顶的月遥不可及

纷飞的战火侵袭周遭的一切

在异国他乡，在枪林弹雨中

你坚守着自己的信仰

多少生命在你的手中救起

多少希望在你的行动中成为可能

你经过了最底层的漫漫长夜

经过了解救成功的囚禁的时间

你把一切说给战友听

祖国，在你那里比天还高

你从不畏惧艰辛

在黑暗与黎明中穿梭

驱走了战争的阴霾

传递着生的希望①

是你，给灾难中的世界

带来和平与安宁

是你，给黑暗中的人民

带来阳光和福音

---

①. 20 多年来，中国维和部队／累计派出维和官兵 2.2 万人次／行驶里程 350 万公里／修筑修复道路 1 万多公里／架设维修桥梁 207 座／排除爆炸物 7500 多枚／运送物资 21 万吨／接诊 3 万多个病人。

请铭刻这些有温度的数字

在"世界火炉"苏丹

中国工兵营用 3 天时间

将维和营地通往瓦乌机场的公路修通

创造了惊人的"中国速度"

在刚果，中国军人用 20 天时间

使杂草丛生、乱石遍地的山坡

变成了平坦整洁的军营

这样的"中国速度""中国气派""中国奇迹"

每天都在发生，在索马里，在南苏丹

在黎巴嫩，在马里

在世界上

任何一个需要中国帮助的角落

请记住这些发光的名字

记住和平年代里

把生命留在异国他乡的军人[①]

记住这些用肉体和鲜血托起

中国精神的人

而维和队员雷润民在执行维和任务中

光荣殉职后，他的儿子接过火炬

成为联合国情报员

以完成父亲未竟的心愿

这种传承彰显中国人

追求天下大同的"和文化"

这种传承成为"中国崛起、世界受益"的

伟大诠释的生动缩影

---

①. 维和部队牺牲者名单：刘鸣放，陈知国，余仕利，郁建兴，付清礼，张明，杜照宇，朱晓平，郭宝山，王树林，李晓明，赵化宇，李钦，钟荐勤，和志虹，申亮亮，李磊，杨树朋。

尾曲　欢乐颂

啊，英雄，我的全部的欢乐

啊，英雄，我的全部的光明

充满世界的光明

吻着眼泪的光明

甜心润腑的光明

装满鱼篓的光明

穿红挂绿的光明

我看见毛岸英带着自豪的表情回来了

阳光洒在鸭绿江畔

鲜花朵朵，芳香四溢

在他身旁，战友们泪流满面

欢呼着，伸开臂膀

将祖国紧紧地搂在怀里

从最高的火焰到长城脚下

英雄的土地色彩斑斓

中国的天空不仅有黄河长江

更有父老乡亲和无法割舍的故乡的风

啊！祖国！我看见英雄们回来了！

看！白求恩大夫

带着信仰的力量回来了

那些纪念碑的文字

那些反复排练的歌剧

那些火与力的舞蹈的瞬间

那是夏明翰"砍头不要紧"的执着

那是方志敏《可爱的中国》之虔诚

那是赵尚志和赵登禹挥刀杀敌的身姿

那是狼牙山五壮士跳下悬崖的长虹落日

那是董存瑞舍身炸碉堡的勇气

那是黄继光奋力堵枪眼的血性

那是邱少云在熊熊大火中展现的铁的纪律

那是罗盛教飞身救人的正气歌

那是欧阳海奋起推马的赞美诗

那些光明，凭着古老的从不喑哑的民乐

发光的琴，铁皮的鼓

优雅的瑟，清越的笛

一次次出现，又一次次消失的

筝、箫、磬、埙，还有那从板结的

音符中不断跳出来的缶、筑、钹

正是它们，跟随伟大的春天

组成了光明的合唱

我看见刘胡兰托着伟大的生命回来了

伴随浑厚的交响诗

在低沉的天空下，青松肃立

我看见八女投江的英魂归来

青春的美丽溅起滴滴斑竹泪

我看见优雅的赵一曼

这个有着梅的性格的人

我看见卓越的向警予

这个有着菊的命运的人

我看见高贵的杨开慧

这个有着兰的境界的人

我看见傲骨的江姐

这个有着莲的气质的人

我看见大爱的周文雍和陈铁军

这对有着百合香气的人

啊！回来了，都回来了啊！

在烈士陵园，在清明节，在早晨或黄昏

在每个瞻仰的后来者的灵魂里

只有此时，只有此刻

我才感觉英雄们扑面而来的气息

感觉光明如此强大

如此丰富，如此广远

置身于青草的中心

我感觉到光明无边，快乐无边！

啊，祖国，我看见英雄们

手持光明，保持固有的激情和身姿

在你身边，喝胜利之酒，跳自由之舞！

多么朴实的英雄啊

多么神奇的光明啊

多么开心的时刻啊

这就是我的全部的欢乐

这就是我的全部的光明

歌唱肃穆之音的罗亦农
歌唱砥砺之韵的何叔衡
歌唱庄严之词的毛泽覃
歌唱辽阔之境的刘志丹
歌唱正大之律的毛泽民
歌唱激荡之情的张思德
歌唱宏伟之美的冼星海
歌唱高远之妙的罗炳辉
歌唱浩然之气的杨根思

看啦，蝴蝶在光明海上展开了翅膀
看啦，夜莺在光明山上拉开了歌喉
大风狂奔，笑声响彻大地

我看见，吉鸿昌举着血染的旗帜回来了
像雕塑一样生动。在国家公祭日
我们献祭陈树湘
我们铭记杨靖宇
我们致敬张自忠
我们给罗忠毅树碑
我们为吴运铎立传

啊！黄钟大吕般崇高的英雄
我的全部的快乐！我的全部的光明
阳光洒在地上比黄金还黄
流动的液体，滚烫的情愫，动人的眼泪
都为英雄铺就的大火倾油加氧
都为快乐在熊熊大火中
变得更加快乐而激情澎湃
都为光明在熊熊大火中
变得更加光明而放声歌唱

唱吧，祖国，伟大的祖国

快乐在树叶间伸展无边的欢喜

跳吧，祖国，强大的祖国

幸福在大地上点燃最美的祝福

啊,国家的脊梁,民族的希望回来了！

全部回来了！我的英雄

我的全部的快乐！我的全部的光明

我的英雄好汉，我的兄弟姐妹

我是如此的爱你们

如此地珍惜你们

只有此时，我的爱和珍惜

才如此丰沛和清晰!

祖国，我看见光明在每朵云彩上抛撒黄金

我看见欢乐在每张脸上泼洒美酒

我看见眼泪在每个人眼里挥霍激动

我看见诗人的荣光回来了！

在汨罗河畔的雨水中

在大祭奠的庄严里

在五千年历史的震撼里

我看见大片大片苦难从河水隐遁

黄河岸边的思考见证了改革开放的中国

英雄们，见证了经济崛起后广大人民的幸福生活

见证了中华优秀传统文化的回归

祖国啊，你从来都是不动声色

为何此时也泪流满面？

英雄啊，我的亲人！

我的全部的快乐！我的全部的光明

我看见中流砥柱的战士们回来了

从洪水中的家园

到浪尖上的军旗

从冲锋筏上的壮举到大决战

从永不低头的群山到英雄挽歌

每一步都有金木水火土在奔跑

每一步都有锅碗瓢盆釜在燃烧

请记住 2008 ！

这个灾难深重又惊喜交加的年份

当"回家，回家"的祈盼

响彻着暴雪肆虐的南方

从女站长到新生的婴儿

所有的力量都聚到一起

汶川地震中的伞兵遗言

一行行文字如宫角羽徵商的弹奏

一行行文字如灵魂的洗礼

每一次感动

这奔跑的一年，都是对英雄的礼赞

都是春天的献辞

让一切动人的乐器

弹奏最后的合唱吧

让一切欢乐的曲调

都融合在滚烫的曲调中——

英雄啊，那使大地山呼海摇的无边的快乐

那和暴风雨一同卷来、又用笑声

震撼一切生命的快乐

那不断地亮出挑战的旗帜

并最终将胜利插上顶峰的快乐

那擦干泪水

默坐在盛开的痛苦之上的红莲的快乐

那将挫折和失意一同写进岩石的

残缝里的快乐

那为了梦想，把一切努力

抛掷于尘埃中的快乐

那苦尽甘来硕果满枝的快乐啊

那无法掩饰的无尽的快乐

吃饭的快乐

喝酒的快乐

走路的快乐

唱歌的快乐

理发的快乐

静坐的快乐

打扫卫生的快乐

凝视月亮的快乐

倾听天籁的快乐……

快乐，快乐，快乐

如花似玉的快乐啊

滚滚而来、滔滔不绝的欢乐啊

而此时，我感到最美中国风吹来了
带着大国的优雅与自信
我看见雷锋、焦裕禄、铁人王进喜
看见钱学森、史光柱和袁隆平都回来了
他们一个个舒展着饱满的笑脸
我看见琵琶、箜篌、编钟等古老的
乐器焕发新的生命
正齐心协力，奏出伟大时代的最强音

听！军号响起，锣鼓阵阵
穿过烽火岁月、穿过改革年代的英雄群谱
璀璨夺目，辉映长空
从"两弹一星"到航天英雄
从蛟龙号到南极科考
从利比亚撤侨到维和部队
这些承载着国家使命的英雄们都回来了
光荣啊，我的默默奉献的英雄
骄傲啊，我的雄心勃勃的兄弟姐妹

啊！英雄，我的全部的快乐

啊！英雄，我的全部的光明

我的崇敬，我的景仰，我的骄傲与自豪

我处处感受到没有阴影的光明

我处处感受到无边无际的快乐

啊！中国，我的祖国，我的母亲

请接受我为你流出的全部的热泪

请接受我为你书写的全部的诗篇

请接受一个炎黄赤子的深沉的爱

鸣笛！朝着尽忠报国的英雄！

致敬！朝着大美无言的英雄！

礼赞！朝着旭日东升的古老民族！

献歌！朝着接近梦想的伟大祖国！

啊！英雄，我的全部的快乐

啊！英雄，我的全部的光明

唱吧，青草的颂词！

唱吧，太阳的祝福！

余音　最亮的光

而心永远搏动

而脚一往无前地深入土地

而你总是目不转睛地盯着沉重而炽热的爱

而我别无选择

火的呐喊，火的音乐，火的热情，火的传说

无时无刻不在燃烧

你的疲惫，你的挣扎，你的崛起

你一触即溃的暴风雨

在过往的时间

在河之洲

在新的历史的节点

自你的两岸

维持沧桑之手亘古不变

留下深重的水稻、小麦和高粱们的种种睡态

留下圆明园的哭泣、电的呐喊和枪的登音

留下斧头、镰刀、铁锤和血染的旗帜

留下溶解黑暗的阳光

甚至海市蜃楼

甚至大江东去

窗口很近，你在东方的中心摇荡

在我的胸口剧烈地摇荡

我听见时钟响个不停

我审视一棵被扭曲的树

我在疲惫的汗席上陷下去

一柄重如泰山的铁锤冶炼每个人的灵魂

我吞下粗糙的面包和发涩的泪水

在把自己献给第一个朝阳后

铁质的血在身上燃烧

可是，我还有一种时刻跪地不起

那是我看见你啊，凤凰！

英雄的灵光，从烈火中涅槃而出

你从天空，从森林和河流的手掌

从背负十月的黄金使命

在华夏古老的大地上飞翔

在浩瀚无垠的宇宙上飞翔

今天，站在新的世纪的门槛

站在风暴过后的晴朗的季节

回望不屈中国的苦难历程

回望百年时光的起承转合

辽阔的大地上

澎湃的情愫山呼海啸

"一万年太久，只争朝夕"

这是巨人的呐喊

是历史的传令

是时代的召唤

是你的使命，我的使命，他的使命

是十四亿中国人的呐喊、传令、召唤和使命

是熊熊燃烧的伟大的传统

是绵绵不断的加持的力量

是千帆竞发的时代的壮举

是排山倒海的历史的车轮

这腾空而起的英雄的火焰啊

这浩浩荡荡的前进的火焰啊

这无法复制的光明的火焰啊

这绝无仅有的快乐的火焰啊

这是最强的光

这是最高的光

这是最亮的光

巨大的光芒吞没了昨天的冷风与阴霾

巨大的光芒呈现了明天的愿景与走向

巨大的光芒正一步一步接近心中的太阳

接近中华民族新的使命，新的梦想，新的辉煌

看吧，英雄的旗帜猎猎飘舞

看吧，英雄的土地生生不息

此刻，我们意气风发，青春激荡

我们的手紧紧地握在一起

我们聚精会神，万众一心，气势雄浑

唱出全部的欢乐，全部的光明

唱出亿万万人合唱中最强的主音——

中国，走下去！

中国，走——下——去

中国，走！下！去！

后　记

以诗的名义致敬

　　改革开放以来，我国在各个方面都取得了巨大成就，人民群众的物质生活越来越丰富，但精神生活越来越娱乐化，社会大众尤其是青少年对共和国历史和英雄人物的了解比较模糊，一些人对英雄主义教育持怀疑态度，也有人认为英雄主义过时了，还有人戏谑、鄙视、歪曲和颠覆我们的英雄。

　　作为一名教育工作者和文学创作者，我对此颇感焦虑和不安。

　　三十年前，我写下了《中国的天空》和《长城颂》，写下了包括毛岸英、黄继光、董存瑞、刘胡兰等在内的大型组诗《英雄儿女》等，对诞生英雄的土地和坚贞不屈的人民进行了热情讴歌。我一直关注时代，自觉地把创作的焦点同祖国的发展和人民的命运联系起来。1998 年长江流域发生特大洪灾、2008 年南方冰灾和汶川大地震，我都及时写下了讴歌英雄的诗篇，在《人民日报》《诗刊》和《人民文学》等报刊发表，引起社会的广泛关注。与此同时，带着对共和国英雄的崇高敬意，我翻阅各类文献资料，到英雄的家乡、英雄事迹发生地走访。在此过程中，我一次又一次被震撼，常常热泪盈眶。

　　然而，几年前的一天，我走进湖南衡东县新塘镇欧阳海纪念馆，了解到该馆曾接待海内外参观者 400 多万人次，但进入 2000 年以来，参观者越来越少，有时几天没一人前来，馆里的同志面带困惑地说："现在许多人不晓得欧阳海是谁，这正常吗？"我的心一沉，感到很震惊。的确，包括现在的一些大学生，他们可以去追这个"星"那个"星"，却很少去追"抛头颅、洒热血"的英雄们了！

历史被遗忘，英雄被淡漠，这是我们的耻辱啊！我感到有一种使命，要用诗歌的方式把共和国英雄的故事传颂。我希望当下的年轻人了解英雄，走近英雄，从英雄身上汲取精神和信仰的力量！

这就是《共和国英雄》的由来。全诗共分十个乐章，一万一千余行，缀以起调、序曲与尾曲、余音，用中国优秀文化元素，以交响诗的结构形式，致力于史诗性、抒情性、写实性和先锋性的高度融合。长诗从开国领袖之子、也是大地之子和人民之子的毛岸英的悲壮牺牲切入，在中国的天空下，万里长城之上，回顾中华人民共和国成立及其奋斗的历程，悲壮肃穆，撼人心魄。

我家祖祖辈辈是农民。母亲是童养媳，一字不识，九岁就到了我家；父亲是孤儿，也没读书，历尽千辛万苦，把兄弟姐妹抚养成人。如果不是新中国，很难想象，我能够活下来；如果不是改革开放，我更不敢想象，能够出国留学。母亲曾叮嘱我："你留学可以，但一定要回来。国家，国家，有国才有家；而家，只有你回来，才是完整的。"她临死时还说："感天谢地，最重要的要感谢国家。"父亲现年94岁了，别的都不记得，但对毛岸英、黄继光等人的事迹记得很清楚，他常常唠叨："崽啊，你要记住这些英雄。没有他们的奉献牺牲，哪有我们安宁的今天？"老父亲的话令我感动，也给了我更大的力量和信心。

我希望父亲有生之年能够看到这部长诗的出版。为此，我加快了写作进度，在教学、科研之余，我几乎利用所有的节假日进行创作，有时深更半夜还爬起来写。我的二宝才刚刚一岁，晚上哭闹得很厉害；岳父二次中风，行动不便，也需要照顾，可我实在顾不上。去年农历大年二十九日，我仍然躲在一家茶吧进行创作；我只在大年初一回到老家，看望一下躺在病床上的老父亲，初二又匆匆赶回长沙。临别前，父亲用瘦得发紫的手紧紧抓住我。我在心里哀叹：黄土快掩到他的脖子上了，真希望在他身边多待一会儿啊。大年初三，我继续在茶吧里创作。茶吧老板看到我一个人守在空荡荡的茶馆，写得泪流满面，便关切地问我发生了什么。她不知道我的泪为谁而流……

诗稿一完成，我立即把它寄给谢冕老师，希望听听他的意见。谢老不顾88岁高龄，满怀激情地写下《请记住他们，那些生者和死者》，我很感激，尊此为序，以告慰那些长眠地下的英雄，以及仍然在祖国各行各业默默奉献的英雄。

英雄有情，时间无声。

我深信：不论是对家与国，族与民，英雄与百姓，抑或是对九泉地下的母亲与垂垂老矣的父亲，以诗的名义致敬，都是真挚的，自豪的，值得的！

2019 年 5 月 5 日于长沙